봄이 들려주는 꿈 이야기

매화꽃 잎에
숨어든 밤이슬

매화꽃 잎에
숨어든 밤이슬

펴 낸 날   2024년 04월 24일

지 은 이   월암 이민식
펴 낸 이   이기성
기획편집   서해주, 윤가영, 이지희
표지디자인 서해주
책임마케팅 강보현, 김성욱
펴 낸 곳   도서출판 생각나눔
출판등록   제 2018-000288호
주   소   경기도 고양시 덕양구 청초로 66, 덕은리버워크 B동 1708호, 1709호
전   화   02-325-5100
팩   스   02-325-5101
홈페이지   www.생각나눔.kr
이 메 일   bookmain@think-book.com

• 책값은 표지 뒷면에 표기되어 있습니다.
  ISBN 979-11-7048-691-6 (03810)

월암 이민식 시집

봄이 들려주는 꿈 이야기

매화꽃 잎에
숨어든 밤이슬

생각나눔

겨울 햇살 아래

바람 없는 겨울날 오후
하늘에 구름도 없다
처마 끝에 부딪힌 햇살은
폭포수 물보라같이
부서져 내리고
병아리 일광욕 즐기듯
햇살의 손에 이끌려
두 눈 감고 졸고 있는
노인네 번개잠 속에
누가 무슨 일을 선보일까?
어릴 적 강아지와 함께
묏등 위를 뛰어놀던
동화 이야기일까?
아니면 젊은 시절
청춘사업의 달달한 이야기일까?
그 꿈 알기도 전에
동짓달 햇살은
산그늘을 길게 드리우네

2022. 12. 11.

어깨 통증

동짓달 짧은 햇살은
점심 도시락 알찬 속 비우자 말자
금 새 산그늘로 판을 깐다
뒷배 든든한 찬바람이 나뭇가지를 희롱하면
든든한 제 편인 눈이라도 부를 듯이
알지 못할 주문을 외워대는
전깃줄의 곡소리가 날씨만큼 썰렁하고
이 꼴 저 꼴 보기 싫어 방에 들어앉아
뭔가 세상일 찾아 즐겨보려 했더니
수술한 어깨의 아픈 통증이 대가를 요구하고
그 협박에 진통제 소염제를 앞장세워 보지만
모래 뚝방 사이사이로 물 새듯이
잔잔한 통증은 몸속으로 배어들고
세상일 인간사 열심히 부지런히
힘줄이 끊어질 때까지 노력했다
마음먹고 했던 일, 이루고 못 이루고
최선을 다한 삶이라 원망은 없다
고통의 피리가 불러주는 음악 감상보다
어리숙한 꿈속 길에서 들려주는
더듬수 노랫가락이 더 좋을 듯싶네

2022. 12. 13.

시린 그리움

어린아이 꿈처럼 작은 겨울 햇살은 미련을 남기고 떠나고
삭풍은 먹이 찾는 솔개 모양
공중을 빙빙 돈다
추위는 함께하자며 어깨동무를 하고
엄달산 밭둑에 밤나무 낙엽은
마지막 남은 모성애로 상사화 풀잎을 덮어
북풍한설 찬바람 막아서고
그 꿈 이루게 기도를 하는구나
상사화 풀잎아 너는 그 누가 보고파
이 엄동설한 계절에 그 온기 지키고 서 있나
상사화잎 네가 학수고대하고 기다리던 꽃잎은
너처럼 너를 학수고대하며 가을을 기다린다
귀뚜라미에게 한 많은 사연 전하고
귀뚜라미는 그 소식 너에게 전해달라고 내게 부탁하더라
칠월 칠석 오작교에서 견우직녀 만나듯
훗날 너와 해후를 기약하고
어미 품 땅속뿌리 속으로 돌아갔는데
잎을 못 보는 꽃, 꽃을 못 보는 풀잎
그리움 그 아쉬운 세월 눈물로 메꾸면
세상에는 그리움에 한만 남겠네

2022. 12. 14.

노인과 세월

해가 왜 뜨는지 달이 왜 지는지
나는 모른다 나는 몰라도
세월은 제 갈 길 잘도 찾아오고 가더라
안 배워도 시간이 때가 되면 가르쳐 주고
아무리 알려도 노력해도
내 미래는 가르쳐 주는 곳이 없고 아무것도 몰라도
인생 한평생 그럭저럭 살아지더라
인간 생활사 눈치 없어도 재치 없어도
성실하고 부지런하니 남들처럼 살게 되더라
노인이 되고 보니
몸은 낡아 욕심이 불러도 못 들은 체하고
세월의 무게는 해마다 늘어 그 무게 감당한다고
얼굴엔 주름이 참나무 장작 같은 근력은 어디 가고
관솔만 남았구나
할 수 있는 일은 줄어드는데 마음은 그대로인걸
청춘은 어디 가고 나만 홀로 너를 찾아
이 한밤을 헤매나
사람과 사람을 이어주는 약한 인연 줄
다 끊어지니 노년에 남는 것은
혼자된 시간과 불면의 밤만 남더라

2022. 12. 15.

불면 타령

묻지도 않는다
왜 잠이 안 오는지
늘 그래 왔던 것처럼
작은 내 방에서
넓은 세상일 다 잡아 두고
입맛 맞는 요리
내 마음대로 다 한다
요리조리 꾸며보는
나만의 생각이 흘러가는 시간
아무리 쌓아도 흔적 없더니
홍수 난 자리 물결 남듯이
세월이 쌓은 공든 탑 밑에
그 흔적 얼굴에 주름으로 남더라
나는 잠이 안 와
방문을 들락날락거려도
다른 사람은 잠만 잘 자더라
잠 못 자는 나도
이 밤에 생각할 일이 많고
잠 잘 자는 너도 인생길에서
놓치고 온 일 되찾으려고
이 한밤 꿈속 길 헤맨다고

얼마나 수고가 많겠니?
이 한밤 너는 잘 자서 좋고
나는 미루어 둔 잡생각 정리해서 좋고
이래저래 생각 많은 사람 밤은 불면이 많다
아마도 조물주께서 인생길 종착역
다 와 가니 가지고 갈
물건 잘 챙기라는
배려심이겠지
인생 바둑판 한 번 더 훑어보고
끝내기 묘수 잘 찾아
요단강 둑에 서서 울지 말라고
기회를 주는 것이겠지
오늘 밤은 아마도 이 방 불빛에
어둠이 지워져 희미해질 때까지
보초 놀이를 할 것 같네

2022. 12. 15.

그대여

만남은 이별보다 쉬운 것
왜 쉬운 길옆에 두고
님은 왜 힘든 길 가려 하는가?
해와 달은 눈에 보이지 않아도
매번 가던 길 어제도 가고 오늘도 가더라
님아, 마음에 안 드는 일 있으면
말로 하고 그래도 부족하면 해 달라고 요구하세
난 님을 위해 뭐든지 할 준비가 되어 있다네
찬바람에 눈발도 날리고
나무에 매달려 마지막 정을 나누던
낙엽마저 허공을 가른다
너와 인연 줄 끊어지면
나도 저 낙엽 신세 되어 울고 서 있겠지
아침 햇살이 동녘 산을 넘을 때
길고 짧은 것은 있어도
시계 한 바퀴 돌고 나면 그 길이 같아지고
있고 없고 그 차이 크게 보여도
마음을 열고 보면 행복의 크기는 똑같은 것일세
그대여, 어둠이 이 땅을 찾기 전에
내 손 한번 잡아주시구려

2022. 12. 15.

아침 운세

아침에 일어나 문을 여니 동짓달 긴 밤
북풍한설에 녹았던 찬바람이 기다렸다는 듯이
둑 터진 봇물처럼 쏟아져 들어오고
그 찬 기운에 온몸이 물에 빠진 듯
깜짝 놀라 허우적거린다
아침 햇살은 가벼운 몸놀림으로
사뿐 대나무 숲 꼭대기로 올라서고
햇살 맞은 지붕 위 서리는 촛농 녹아내리듯
소리 없이 자리를 양보한다
담장 위 장닭의 안부 소리가
입김을 따라 공간 속으로 흩어지고
인간이 달력 위에 정한 날짜 오늘은
시곗바늘 위에 메뉴로 올려진다
시간이 펼쳐 놓은 만물상에서
인간은 생로병사 오욕칠정을 사 들고 하루를 시작한다
앞날이 어떤 길인 줄도 모르고
저마다 가고 싶은 길 따라 힘차게 달려간다
세상 사람들 모두가 원하는 물건
뽑아 들고 달리는 신나는
하루가 되었으면 좋겠네

2022. 12. 16.

회상

눈이 내리듯 부드럽게 어둠이 내리면
기다렸다는 듯이 가로등 불빛은 들어오고
출근했던 가족들
하나둘 집으로 모여들고
무사했던 하루를 찬미한다
저녁 식사 후 소파에 기대니
편안한 마음에 피로회복제
꿀잠이 꿈결에 떠밀려온다
아련한 꿈속에 사랑이라는 이름으로
한순간 머물다 간 사람들이 기억 속에서
가장 이쁜 얼굴로 가슴에서 배어 나오는
그리움에 미소로 다가서면
나는 어떻게 해야 하나
잡지 못한 세월의 아쉬움에
꿈속 울음에 마음이 너무 상했나
아무것도 할 수 없는 무력감에
마른 침만 목 넘김을 하고
오늘 밤에는 콩알 가리듯
추억 속에서 아쉬움으로 남은 생각
많이 골라내겠구나

2022. 12. 16.

삶의 끝자락

시간은 오늘을 버리고 내일로 갈아타려고
자정을 향해 오르고 잠의 세력도 힘을 더한다
물 위에 풍선 띄워놓고 손으로 누르면
누를수록
떠오르는 힘 강해지듯 통증도 강해져
잠이 가려던 길 막아서니
내 몸 전쟁터는 일진일퇴
전쟁놀이에 피로감만 쌓이고
인격도 품위도 자꾸 야위어가고 비루먹은 말처럼
삶의 미련도 세상사 관심도
안갯속같이 멀어져 간다
통증의 고통에 시달리다 보면
내 의욕도 삶의 의지도
조금씩 조금씩 자리를 내어주고
번민과 한숨과 통증이 반죽 되어
뭐가 뭔지 모를 때쯤
아픔이 고통을 더해가면
삶과 고통을 상계하고자 한다
그 저울에 힘이 균형이 될 때
그 저울에 눈금은 죽음이더라

2022. 12. 17.

첫눈과 손자

피라미 강물 흔들어
잔물결 일으키듯
겨울날 오후
작은 미풍을 타고
첫눈 꽃송이가
꽃나비 꽃 찾아
사푼 걸음으로 꽃잎에 앉듯이
하얀 눈가루가 나비 같은 춤사위로
허공에 의미 있는 그림을 그리다
땅에 살포시 엉덩이를 붙인다
첫눈의 작은 유혹에
신기루를 본 탐험가처럼
손주 녀석 뜀박질은 시작되고
그 웃음소리가 낚싯줄이 되어
할미도 걸려들고
할배도 걸려들어
눈으로 바뀐 마당에
술래잡기가 시작되고
신이 난 눈은 펑펑 쏟아져
그 위세가 시간마저 밀어낸다
밀린 시간의 텅 빈 공간에

추억은 이쁜 일기를 쓰고
산길 따라 난 발자국 따라
어둠이 밤을 만들어
나의 울타리 속으로 찾아들고
할미 품에 잠든 손자의 얼굴에서
지난날 내 모습이 보인다
미소 머금은 내 얼굴에
행복이 입맞춤하면
기쁨 가득 찬 내 마음은
꽃나비 날개를 달고
손자가 놀고 있는
꿈동산을 찾아
훨훨 날갯짓하네

2022. 12. 17.

첫눈 오는 오후

첫눈은 겨울날 오후에 내리고
내 머릿속 상념같이 이리저리 휘날린다
북산 절벽 부엉이 집에서
눈이 와 기분이 좋은지
달뜬 저녁도 아닌데 부엉부엉
불려대는 노랫가락이 시냇물을 건너오고
찬바람은 눈가루 떡가루를 고루고루
빠진 곳 없이 배달한다고
가쁜 숨을 몰아쉬고
내 이마에도 계급장을 붙이듯이
눈 꽃송이를 척척 붙이는구나
눈발이 커지고 그 속도 빨라지니 들녘에 나와
저녁 먹이질 하던 기러기는
제집 못 찾아갈까 봐
훨훨 자리를 털고
이른 귀갓길 나서고
나도 내 님에게 전화해
어둠이 오기 전에
귀갓길 서둘라고
말해야겠네

2022. 12. 17.

고드름

찬바람의 초대손님 첫눈도
동짓달 짧은 햇살 꼬드김에 땅속으로 녹아들고
어젯밤 눈보라에 모두 다 살아남아 있는지
산새는 산새대로 서로의 안부를 묻고
도시의 아파트 놀이터에서
갑갑하게 놀던 손자들
할배 생신이라고 축하 인사와
강아지 몰고 힘겨루기 씨름에 기합 소리 우렁차고
강아지 길들인다고 호령하는 소리가 들길을 가득 메우면
장닭은 응원을 하는 것인지
훈수를 두는 것인지
뭐라 뭐라 외치는데 알아들을 수 없고
강아지 아이들 뛰는 소리에
큰 개도 함께 놀고 싶은지
연신 짖어대고 수돗가 큰 물통에
오이만큼 큰 고드름이 주렁주렁 매달려
재주를 부리면 이슬방울같이
똑똑 떨어지는 물방울이
예쁜 그림을 그려
계절의 아름다움을 알린다

2022. 12. 18.

정 때문에

언제부터인지 몰라도
은근슬쩍 기다림이 생긴다
세월이 몸을 바꾸고
나이 먹음은 정을 구걸한다
밀려올 때 번잡했다가
밀려가고 나면 텅 빈 공간
마음마저 허전하다
짝지와 항상 같이 있어 꽉 찬 옥수수 대 알처럼
허전함 없는 줄 알았는데
딸네 식구 네 명
저녁 식사 후 제집으로 돌아가니
잔잔한 마음이 출렁거린다
나이가 들수록 환경에 방어벽은
낮아져 가고 옆을 지키고 있는
짝지가 있어 든든하기는 하지만
먼 곳에서부터 거미줄 쳐오듯
잠시 보고 간 식구들이 보고파
다음 주말이 기다려짐은
외로움 탓인가? 나이 탓인가?
아직은 아니야 아마도 정 때문일 것이야

2022. 12. 18.

삶의 한 조각

한파가 몰고 온 겨울 아침은
동장군의 에누리 없는 엄격한 통제에
꿈의 세상처럼 조용하다
밤이슬이 포로가 되어 갇힌 지붕 위 서리와
찬바람에 밤 마실 나왔다
얼어붙은 고드름이 학수고대하고 기다리는
자명종 종소리처럼 태양이 아침을 깨우면
시간이 건설하는 움직임의 세상은 열리고
사물은 생존에 가장 유리한 장소에 서서
태양이 배급하는 에너지를 받는다
잘나고 못나고 있고 없고
세상의 삶의 향연은
햇살의 호각 휘슬 소리에
하루 게임은 경쟁으로 시작되고
온종일 헤매다 지쳐 갈 때쯤
해는 서산에 이쁜 저녁노을로
금·은·동상을 만들어
개개인의 가슴에
상으로 안겨준다

2022. 12. 19.

생 쥐

동지섣달 별들의 사랑 이야기가 잔물결 일 듯
밤하늘로 퍼지면 지나가던 구름도
걸음을 멈추고 그 이야기 듣는다
소리 없이 내리던 하늘에 기운도
찬 땅기운을 만나
땅에 이야기는 서리로 만들어
언 땅을 이불 삼아 덮어준다
세상일이 남으로 구르던
북으로 구르던 관심은 없고
세월은 제 갈 길만 가는데
입김 서린 작은 땅굴에서 아침이 밝았나?
오늘은 얼마나 추운지
굴 밖은 안전한지
정찰병 생쥐 얼굴에 반짝이는 검은 두 눈이
좌우를 살피는데 삶의 기운이 펄펄 넘치고
그 초롱한 눈빛은 예술이다
타고난 눈치로 험한 세월 자손 대대로 이어 와
인간들과 생존에 쌍벽을 이루는 내 모습처럼
나도 오늘 팔팔한 기운으로
활기찬 하루를 살아야겠다

2022. 12. 20.

삶의 매력

쓰다 지웠다 수없이 반복해 보는 글
그렸다 지웠다 수없이 반복해 보는 그림
장기판 말 쓰듯 수없이 고쳐보는 생각
따끈한 차 한 잔에 녹여보는
삶에 이야기가 인생 이야기
사랑이 행복을 만들어 가는 이야기
한없이 아름답고 예쁘게 꾸미고 싶다
아침을 부르는 참새 소리도 그렇고
이슬 머금고 피어나려는
꽃봉오리도 그렇듯이 누구나 바램은 있다
바람이 알려주는 미래의 비밀 이야기도 신기하고
흰 눈이 보여주는 새로운 세상의 빛깔도
놀라움이다
연기처럼 깜짝 사라지는 꿈에 신기루도 궁금하고
매일매일 새로운 이야기를 이어 부치는
시간의 마술에 매력도
살아 있는 자만이 가질 수 있는 권리다
살아 있는 자
우리의 특권에 이야기를
한 권의 소설로 엮어 가고 싶다

2022. 12. 21.

사랑학

그 무엇을 위해 한 세상을 달려왔던가?
생각이 자주 나면 보고픔이 생기고
만남이 길어지면 사랑이 된다
사랑에 힘은 불가능을 가능하게 만들고
사랑하는 마음은 가슴 꽉 찬 기쁨으로
삶의 행복을 흐르게 한다
사랑은 삶에 꽃이고 인생에 최고가를 매겨준다
푸른 바다에 배 지나간
자리 흔적 없다 해도 그 길 알 수 있고
종달새 울고 봄꽃 피고 진자리
표시 없다 해도 좋은 감정 남고
사랑이 지나가는 자리
보이지 않는다 해도 행복에 씨앗은 남는다
사랑 그 아름다운 이야기는 세상에 남아
지난 어제는 옛날 이야기로
다가올 내일은 꿈으로 이어져
인간 세상살이 중심축 이야기가 된다
지금 그대는 누굴 사랑하는가?
언제나 내 옆에 서 있는 그대가
무한한 내 사랑에 우산이어라

2022. 12. 21.

흰 눈의 희망 사항

흰 눈은 이슬비처럼 안개비처럼
아침 세상을 한 겹 두 겹 덧칠을 해
마술에 흥미는 더해가고 가방 메고 학교 가는
어린아이의 미끌어짐 비틀거림이 아이들 웃음이 되고
웃음소리는 동심을 풍선에 매달아
들어 올렸다 내렸다 하고 지각하랴 미끄러지랴
직장인 차는 쌍라이트를 켜고
모두 다 조심 조심을 외친다
노랑 우산 빨강 우산 굽 높은 아가씨 구두
바람결에 밀리는 꽃 송인 양 지나가고
커피집 간판이 걸린 집에서 배어 나오는
커피 향이 쉬어가라 손짓하네
흰 눈의 이야기는 쉼 없이 이어지고
난 오늘도 거리에 주인공이 되어 걷고 싶다
목적지 없이 무작정 걷다가 어쩌다 저쩌다 보면
우연아 필연이 되어 뭔가 좋은 일이 생길 것 같은
확신의 설렘에 꽃단장하고 눈길을 나서는데
차가운 눈꽃 송이 하나둘 이마에
착 달라붙어 속삭인다
그대가 바라는 일은 아직 준비되어 있지 않다고

2022. 12. 21.

엉뚱한 생각

동짓날 추운 한파는
좋은 일 한다고
흰 눈으로 세상을 바꾸고
크리스마스라고 교회 종탑에서 늘어선
꼬마전구의 휘황찬란한 반짝임은
하늘에 별빛과 쌍벽을 이루고
천상에 놀던 요정도
땅에 빛나는 불빛이 신기해
밤새도록 등불을 타고 놀다
사랑에 축복을 남기고
새벽에 걷히는 어둠 발자국 따라
제 살던 곳으로 가고
사슴이 끌던 썰매 이야기도
산타클로스 할배 선물 이야기도
캐럴 노랫소리도
이젠 동화 속의 이야기가 되고
신의 품속에서 죽고 살던 인간들도
이제는 지혜의 문이 열려
인간들만의 세상을 만들어
신의 영역을 하나둘
인간의 영토로 정벌해간다

아직도 이해 못 하는 일은

미래 인간 숙제로 남기고

틈날 때마다 신화 속에

이야기를 한 조각씩 꺼내

신의 비밀을 풀어

인간들의 왕국을 만들어

신의 허상을 지워간다

언젠간 인간은 신의 열쇠를 다 풀고

신의 세계 인간의 세상이 합일될 때

비로소 인간의 욕망은 끝나고

신과 인간은 합일이 된다

2022. 12. 22.

크리스마스

겨울밤 달빛 아래서
낙엽은 바람을 타고
긴 여행길 나서고
하늘 별빛을 등대 삼아
기러기 떼 날아드니
기러기 등을 타고
북풍한설도 같이 오더라
찬 기운이 자리 잡은 이곳에
동짓날 가마솥에
팥죽 보글거리는 소리
장작불 연기에 익어가는
고구마 구수한 향기가
코끝을 실룩이고
작은 욕심에 배를 채워준다
인간의 거룩한 소망을 담은
크리스마스트리가 밤새도록
하늘과 소통을 하고
감사 기도 후 집으로 돌아가는 길
마음에 욕심을 비우고 나니
세상일이 달라 보이고
마음에 천사가 사는 듯

텅 빈 마음은 가볍기만 하고
사람들 모두가 오늘 내 마음 같으면
이 세상이 천국이 되어
모두 다 행복할 건데
순간순간 변해 가는 것이
사람 마음이라
아쉽다

2022. 12. 22.

영웅시대

아침 햇살은 어제의 기억과
오늘의 시간을 인연 줄로 이어주고
어제 만났던 사람들과
오늘 또 만나는 시간에 이야기를
순간순간 매듭으로 엮어
삶의 이야기로 만들어 간다
어디까지 가는지
무슨 목적으로
가는지 몰라도
매 순간 제일 필요하고
중요한 이야기를
선택해 가는 것이
인생 이야기다
세상의 중심은 영웅의 독주시대
그를 중심으로
세상일은 판을 짠다

2022. 12. 20

동짓날

오늘이 밤이 길어
사랑 나누기 좋다던 동지네
옛날에는 집집이 팥죽을 먹었는데
그 일은 추억 속에 한 페이지로 넘어갔다
선봉군 바람은 어떻게 꼬드겨 왔는지
초대손님으로 눈을 모셔 와
세상을 바꾸려 하고
바람을 등에 업은 동업자 눈은
어제 한판 내리더니
미련을 못 버렸는지
오늘은 연장전을 하려는 것인지
구름 짙은 하늘에서 나비가 날 듯
하나둘 나풀나풀 날아들고
집 밖 세상은 추워서 싫다
오늘은 집안에 대피해 있다가
추위가 한 벌 두 벌 걷히고 나면
집 밖 구경 가야겠다

2022. 12. 22.

연말

마지막 남은 달력 한 장은
새해 올 날을 손가락 접어 헤아리고
섣달 짧은 햇살은 풍구를 열심히 돌려
땅에 온기를 불어넣고
오늘은 시골 오일장이라
지팡이 짚은 할미들의 두툼한 옷이 한 짐이다
물건 사라고 보부상 트럭은
온 동네 사람 다 들으라고
큰 소리로 싸고 좋은 물건 사라고
사탕발림 소리로 꼬드기며
동네 한 바퀴를 다 돈다
한파 주의보를 내린 거리는
남녀노소 할 것 없이 바쁜 걸음이고
노란 목도리를 하고 보랏빛 치마에
높은 구두를 신고 가는 아가씨의 분 내음이
봄꽃 향기를 대신하고
그나마 삭막한 거리에 활기를 불어넣는다
한파가 몰고 온 찬 바람은
전깃줄에 올라타 신나게 기타를 두드리고
그 소리에 우리 집 대문은 흥겨워 좋다고
박수 소리로 화답한다

추위가 무서워 밖에 못 나가고
아지랑이 꽃송이 피듯 불꽃이 아롱거리는
난로 앞에 앉아 고구마가 익어가는
구수한 향기에 홀려
꾸벅꾸벅 졸고 있는 나는
마음이 기다리는 봄 꿈을 꾸고 있나 보다

2022. 12. 23.

나이는 가는데

겨울 찬바람은
맞설 자 없는 벌판을 달려와
무법자가 되어 대문을 열고 들어와
방문을 들락거리며 주인 행세를 한다
어둠이 찬바람에 반죽이 되어
밤을 두껍게 바르면
인적은 드물어 가고
성탄절을 앞에 둔 크리스마스트리만
반짝이 춤을 열심히 춘다
가는 올 한 해는 무엇을 이루었나?
복기해 보면 미완성의 작품들뿐이고
벌여놓은 일은 이 일 저 일 천지삐까리고
시간에 바늘로 실을 꿰어
한 두루마리 엮고 보니
일 년이란 세월이 내 나이에 올라앉으니
큰 동그라미 나이테 하나 더 생기고
나이는 체중계 몸무게 늘어가듯
자꾸 무거워지고
나이 따라 몸은 자동으로 늙어가는데
이 고민 풀어 줄 묘수풀이 책은 어디 없나?

2022. 12. 23.

본전 생각

얼음 언 못 둑에서 낚시를 한다
붕어, 잉어, 피라미는
맛있는 먹이 냄새만 맡을 뿐
얼른 물지 않는다
아마도 지난 여름날 많이 당하던
이웃을 보고 영리한 놈만 살아남았나 보다
혼자 낚싯대를 드리우고 있으니 보기가 애석했는지
찬바람은 가슴 시린 이야기를 하나둘 풀어 놓고
낚시 미끼 안 무는 붕어, 잉어처럼
약아져라고 충고한다
어제 내린 눈은 바람이 쓸어 가고 없는데
내 마음에 사랑이 놀다 간 자리는
가슴에 멍 자국으로 남아 얼룩져 있고
녹다 만 저 눈이 녹는 날
내 마음에 맺힌 멍 자국도
세월의 약에 삭으려나
가진 것 빼앗기기 싫고 공든 탑 무너지고 나니
본전 생각에 시린 속은 북풍한설 보다
더 마음을 후벼 판다

2022. 12. 24.

긴가민가한 사랑

사랑을 잊는다는 것은 참으로 어렵다
몇 번씩 되뇌어 곱씹어 봐도
미지근한 당신 마음에 믿음이 안 가고
포기할까? 믿어볼까? 반복되는 생각이
나를 불면에 밤을 지새우게 하고
그래도 풀리지 않는 당신이 나를 좋아한다는
방정식 나는 도통 이해가 안 된다
거미줄처럼 여러 갈래로 걸쳐놓은
당신의 마음 어느 줄이 당신 본심에 마음인 줄
난 도통 모르겠고 너의 본심이 안갯속일수록
나의 믿음도 희미해져 간다
나도 내 마음에 선을 긋고
마음이 그린 선 안 넘게
무척 단속하고 있다
당신과 나의 사랑은 불꽃이기에
더 가까이 갈 수도 없고
온기가 있어 더 멀리 떨어질 수도 없는 사이
어쩌면 이렇게 완벽한 사랑에 굴레가 있나
오늘 밤 당신을 만나고 오는 밤도 불면에 밤
나의 곧은 마음에 촛불 한 자루 켜고
나를 지킨다

칠흑 같은 당신 마음속 이리저리 좌우로
아무리 더듬어 봐도 지금 이 순간에도
당신에 진심 모르겠고 생각에 생각을 더하니
계산이 너무 복잡해 해답은 얻을 수 없고
자는 것인지 깨어있는 것인지 비몽사몽 간인데
그래도 아침 해는 밝아오는구나

2022. 12. 24.

아침

모든 삶이 휴식을 취하고
어제의 승부는 잊고
오늘의 승부에 설렘으로 잠에서 깨어난다
이제나저제나 하고 기다릴 때
아침은 멋쟁이 신사 유람 가듯
유유히 산 너머로부터 오고
태양은 기쁜 마음으로
웃음꽃 같은 햇살을 쫙 펴 보이며 다가온다
밤새 대나무 숲에서
추위에 밤잠을 설친 비둘기도
늪 갈대숲 옆 얼음 침대에서
냉찜질하며 밤을 지새웠던 기러기도
언 발을 녹인다고
햇살이 찾아드는 양지쪽으로 모여들고
햇살로 엮은 시간이
어제와 오늘의 인연 줄을 찾아 이어주면
인연이 내려준 든든한 밧줄을 뒤 배경 삼아
활기차게 너와 나의 이야기를 만들어 가고
나는 너를 기쁘게 할 좋은 소식을 가지고
햇살만큼 빨리 너에게로 달려간다

2022. 12. 26.

노인과 밤

추운 겨울날 밤은
동짓날같이 길기도 한데
초저녁잠 한숨 자고 나도
시계는 오늘 날짜를 넘지 못하고
텔레비전과 친구 해같이
동해물과 백두산이 애국가를 부른다
텔레비전은 내일 보자며 자러 가는데
나만 혼자 이방에 엿 있나?
저 방에 떡 있나?
들락날락해 봐도
시계는 자다 말다 가는지
더디게 가고
삐거덕거리는 대문 소리에 나가 보니
조간신문이 얼굴을 내밀고
대복 탄 노인은
잘 먹고 잘 싸고
잘 자고 안 아프면
하루 운수 대통하는 날이라 말했는데
나는 그중에 불면에 밤만 있어
대박은 아니어도 기분 좋은 상중 박에 하루는 되겠네

2022. 12. 26.

저녁 데이트

어디 갔다 왔는지 하루해가 지니
어둠은 공사판에 하루 일을 끝낸 뒤
일꾼 일당받으러 모여든 것처럼
슬금슬금 모여들고
일당벌이 막노동 갔던 참새도
직장 갔던 비둘기도
퇴근해 보금자리로 돌아와
낮에 있었던 재미 난 소문 이야기를
주고받는 수다 소리가
여인네들 정보 교환소 목욕탕 소리 같고
이팔청춘 아가씨 눈썹같이 이쁜 초승달은
아이돌 공연 구경이라도 갈 듯이
서산마루 올라 바쁜 걸음 재촉하고
하늘에 천사들 데이트 길 지켜 줄
별들이 하나둘 조명을 밝힌다
용기없어 연락못한
마음에 품고 있는 사람에게 전화해
오늘 저녁에 밥 한 그릇 해보면
어떻냐고?
한 번 연락해 봐야겠다

2022. 12. 27.

안부 편지

사람의 고민만큼 어둡고 깊은 밤도
시간이 돌리는 풍차 앞에 나아가 떨어지고
오늘도 아침은 밝은 햇살로 나에게 안녕한지를 묻는다
얼른 나와 금보다 귀한 햇살 가루 축복받으라고
내 몸을 좀 쑤시듯 욕심 보를 간질거리며
삶에 의욕을 자극하면
작은 욕심들이 자기가 먼저라고 우기고
제일 먼저 도미노처럼
나도 너에게 안녕한지를 묻는다
관심을 가지고 안부를 묻는 것은
정이라 말할 수 있겠지
누군가를 잘되라고 기도하고 걱정해 주고
아끼는 것을 사랑이라 말할 수 있다
매일 하루에 안부를 묻고 가끔 전화해
마음을 나눌 수 있는 사이는
참 좋은 인연이라 말할 수 있겠지
그래서 오늘도 당신의 안녕을 물어보고
당신의 행복을 기원하고
나도 아침 커피 한 잔으로 생각을 끝내고
내 욕심이 원하는 내 삶에 놀이터로 놀러 간다

2022. 12. 28.

오늘 하루

차창을 스치고 지나가는 풍경처럼
빈 하늘을 가르는 유성처럼
나만의 궤도를 그리며
삶에 인연은 간다
또 다른 사람을 만나
의기투합이라도 되면 동행도 하고
좋은 소식도 공유한다
눈인사로 스치고 지나기도 하고
다시 돌아와
인연으로 만나기도 한다
사람들과 약속을 정해
장날을 만들어 필요한 물건
사고팔고 하듯이
인연이 맺어준 시간만큼
마음을 나눈다
아궁이에 숯 익어가듯
하루 태양은 저녁노을로 익어가고
나의 하루 삶도 소리 없이
시간에 익어간다

2022. 12. 28.

백수 친구에게 보내는 편지

대장간 화롯불에 석탄 백탄 타듯
아침 햇살은 내 방앞 유리창에
불꽃이 튀고 내 마음도 담금질할 만큼
잘 달구어진다
빵빵한 현역 직장인 출근 끝나면
삶에 조금 덜 빡센 아르바이트
예비군 출근 끝나고
사회 구성원 구색 맞추는 소비계층
은퇴자들이 능력에 맞춰
삶에 톱니바퀴에 끼어들어
사회 구성원의 한 축이 되어 하루를 돌린다
세상 사람 모두가 즐기는 삶의 게임에
끼어들 지금 이 시간이
내가 들어갈 시간
그래서 세상일 즐기려
카페에 간다
백수 친구 자네도
오늘 하루 무사 무탈하고
미움 안 받고
사랑받는 하루가 되렴

2022. 12. 29.

섣달의 반달

흰 구름이 하늘에
저 닮은 하얀 눈길을 만들어
동서로 길게 늘어놓으면
섣달 초승달은 조금씩 날마다
그대 생각으로 배불러 오고
행복에 젖은 눈빛에 미소로
밤하늘 가득 채우면
별들은 짝지어 이 밤이 다 새도록
그들만의 이야기로 바둑판에 돌 늘어놓듯 즐긴다
귀갓길 늦은 기러기 보금자리도 안내하고
밤눈 어두운 올빼미 사냥도 돕는구나
황진이 풀어 놓은 허리띠 같은 강물은
달빛에 사랑 노래하며 바다의 품속으로 스며들어
그리움을 속삭인다
돌아올 배 마중 나간 바다 끝에 선
등대 불빛만 고기잡이 나아가
항구 찾아올 고깃배
어서 오라 손짓하고
나도 내 님에게 데이트
얼른 나오라고 재촉하네

2022. 12. 29.

보람된 하루

목숨의 길이만큼
삶의 깊이는 정해지고
사랑의 깊이만큼
이별의 거리는 멀어진다
만나는 횟수만큼
정의 깊이는 깊어가고
우연의 횟수만큼
필연이 될 확률이 높아진다
살아온 길이만큼 남은 삶은 작아지고
우리가 지나온 날들은
저울 눈금같이 정확하게 움직인다
오늘 했던 일 내일 결과로 나타나고
인간의 마음속에 열두 가지 색연필이 있다
그날 기분에 따라 끌리는 색깔을 골라
그 시간 그 기분에 맞게
순간순간을 하루의 도화지 위에
색을 입혀 나간다
오늘 그림의 예쁜 빛깔에
나 스스로 만족에 깃발을
번쩍 들어 올린다

2022. 12. 30.

섣달 그믐날

올해도 마지막 가는 날
바람 없고 겨울철에
최고로 살기 좋은 날씨다
태양은 빛나고
햇살에 녹은 공기는 따뜻하다
항상 연말에는
올 한 해를 반성하고
새해가 되는 첫날은
의미심장한 계획으로
황소라도 몰고 올 듯이
기세를 올려보지만
흐지부지 용두사미로 끝나고
노인이 되고 보니
세상사 인력으로 안 되고
천시가 들어와야 한다는 것을
세상을 한참 살고 나니
사람 마음 어렴풋이 알겠더라
내 마음도 잘 변하고 너 마음도
잘 변하더라
현재 말하고 있는 이 순간이
참 마음이란 걸 알겠고

사람도 살아 있는 동물이라
생존에 가장 유리하게
그때 상황에 따라 마음도 행동도
변하는 것이 진리라는 걸
세상을 한참 살고 나니
사람 마음이 그것이 그것인 줄 알겠더라
다가오는 새해에는
거창한 계획 안 세울란다
마음대로 호락호락 안 한
세상이기에
세상이 정해주는
복대로 그냥 살란다
내가 세상일 간섭 안 하고~

2022. 12. 30.

천재와 인재의 차이

천재는 엉뚱한 생각을 하고 산다
인재는 천재가 말한 세상을 현실로 바꾸어
세상을 제일 먼저 개척해 나아가고
필부는 그 길을 그릇에 크기에 따라
출발 순서가 달라진다
삼라만상은 질서가 있어
크고 작기의 문제가 아니라
용도의 문제다
똑같은 사물을 두고
천재와 인재의 쓰임새 용도가 다르다
무얼 생각하고 무엇을 만들어내는가?
그 기준이 천재와 인재의 차이다
천재는 상상의 기발한 생각을
현실의 꿈으로 보여주면
인재는 그 꿈을 현실로 만든다
천재는 창의성의 생각이
인재는 실천의 행동이 덕목이다
그래서 누가 더 크고 좋은지 똑똑한지
저울로 나누어 봐도
그 크기의 모습 눈금 하나 안 틀린 수평선이다

2022. 12. 31.

아버지 산소

북풍이 잠시 물러선 자리 따뜻한 겨울 햇살이 들어와
내 몸에 풍선을 단다 가벼운 발걸음으로 아버지 산소로 간다
푸른 잔디가 진짜 속마음을 드러내고
햇살과 한편이라고 황금 빛깔로 본심을 내보이고
카펫을 깔아 놓은 듯 푹신하고 느낌도 보기도 좋다
여름내 벌초한 노력에 답이라도 주듯
뿌듯함이 마음을 메꾼다 마른안주에 소주 한 잔으로
아버지와 대면하면 추억 속에 한 장면이 현실이 되어
그때 아버지 모습은 눈앞을 스치고
하시던 말씀은 귓속으로 흘러든다
시간과 세월의 차이는 갈등과 저항으로
아옹다옹거렸던 마음이 삶이 커가는 과정이었고
지금 이 시간에 아버지 나이만큼
내 몸에 나이가 들어차니 아버지 생각과 길이 옳았습니다
산소에서 마셔보는 소주 한 잔
나이가 가져준 세월의 수확이 아버지 마음을 증명했고
이제야 아버지 마음이 유전되었음을 알았습니다.
지나온 날의 회상이 아버지 아들이 되어
마음속에 아버지를 모시고 집으로 돌아오는 걸 보니
노인이 되어 이제야 철이 드나 봅니다

2022. 12. 31.

올해와 내년 사이

시간은 삼십 날을 건너야 한 달이 되고
달은 열두 고개를 넘어야
일 년이 된다
오늘 밤 지새면 일 년이란
강나루를 건너서네
강나루 건넛마을에는
어떤 사람이 무슨 일을 하고 살까?
세상에는 강나루 마을이 육십일 곳이 있어
그 마을에 가사 도구 펴 놓고
한 해 살고 더 좋은 곳 있나 싶어
유목민이 되어 다 돌아본 세상
육십 한 자리가 끝이더라
살다 보니 환갑 마을이 처음 세상
구경 나온 곳이더라
약물도 재탕은 싱겁듯이
인생도 재탕은 별로 재미가 없네
살고 보니 늘 욕심은 갑이 되고
내 감정은 을이 되어
아부하며 살아온 세월을
거슬러 다시 살아가며
내 마음이 갑이 되겠노라고

선언하고 살아봐도
재탕인생 역시 욕심은
늘 을의 자리가 아닌
갑 자리를 차지하고 있고
인생을 또다시 살아봐도
욕심을 이길 수 없나 봐
한 해를 마지막 보내는 오늘
올 한 해도 우여곡절 끝에
끝까지 왔으니
성공한 인생이 아닌가?
내년에는 넘을 수 없는 벽
욕심에 벽을 힘들게 넘어 안 가고
그 벽 피해 가는 길이 다소 멀더라도
두 번째 가는 길은
아는 체 익숙한 척 티도 내며
여유롭게 신선처럼
가 보면 안 될까?

2022. 12. 31.

새해 첫날 친구에게 보내는 편지

안녕!
더하기는 싫은데 오늘 아침에
나이 하나를 시간이 보태준다
재물은 많으면 많을수록 좋고
명성도 높으면 높을수록 좋은데
나이는 많을수록 싫다
젊을 때는 나이 한 살 더 할 때마다
어른이 되는 느낌이 있어 좋았는데
환갑을 지나고 보니 나이 먹는 것이 싫다
우짜노! 내가 어쩔 수 없는 일
오늘이 내 남은 인생 중에 가장 젊은 날
나이 더 들기 전에 하고픈 일 하며 살자
나이에 안 맞는 일 하면 주책이 되는 나이지
이제는 나이에 대한 책임이 있고
품격을 지켜야 할 때다
아무튼 새해에는 품격있게 살자
올 한 해도 간단하게 딱 세 가지만 하자
축복 많이 받고
건강하고
행복하게 살자

2023. 1. 1.

마음 다짐

오늘은 새해 첫날 아침이다
첫날답게 태양은 먼지 하나 없이
번쩍번쩍 빛나는 신상품이다
물리적으로 생각하면 작년의 연말과 새해의 첫날은
어제와 오늘로 이어진 매듭이고
이어지는 시간들이 모인 곳이
과거와 현재이고 둘을 통틀어 역사라고 한다
물리적으로는 바꿀 수 없어도
관념적으로는 어제는 지난 년이고
오늘은 새로운 신년이다
마음에 각오에 따라 전혀 다른 삶을 살 수 있다
지나간 어제의 추억에서 벗어나
오늘은 하늘을 나는 학이 될 수 있다
이게 바로 생각의 차이이다
올 한 해는 바뀐 생각으로
어제와 전혀 다른 새로운 나의 길을 개척해
번데기가 나비 되는 모습을 보여주자
무엇이 옳은가?
생각의 변화와 용기와 인내면
되는 나이지 않는가?

2023. 1. 1.

해돋이

아침은 참새 깃털처럼 가볍게
어제와 오늘을 이어달리기를 시작하고
아침 햇살은 풍선처럼 쉽게 떠올라
세상을 광명천지로 바꾼다
새해 해맞이를 하는 세상 사람들
구겨진 가슴을 와이셔츠 주름 다리듯
햇살이 스며들어 펴나가면 좋겠다
아침 추위에 언 발, 언 손은
하얀 입김으로 열기를 내뿜어 보지만
소한, 대한 절기를 앞둔 계절의
거센 한기는 시집살이 혹독한
시어머니 같고 하얀 서릿발이
햇살에 아롱져 별빛이 되어 반짝이면
산 밑인가에서 아침밥 짓는
하얀 굴뚝 연기가
하늘과 땅의 기운을 맞대어 매려고
희고 고운 실타래를 풀어 올릴 때
천상에 축복은 햇빛을 타고 쏟아지고
만선 실은 고깃배처럼 뿌듯함으로
산을 내려온다

2023. 1. 1.

산소에서

환갑이 지나고 진갑도 지난 나이
오늘이 아버지 기일이라 먼저 산소를 찾아
술 한 잔 권하며 안부를 묻는다
아버지 저승은 이승보다 살기 좋은 곳이요
멀지 아니하여 나도 아버지 옆으로
갈 나이 다 되어가니
생각이 깊어지고
이승에서 저승 관심이 생기는군요
안 아프고 영원히 이승에
살 수 있는 방법은 없던가요?
역사 이래로 한 명도 실천 못 한 일을
미련이 남는 까닭은
무슨 이유일까요?
신의 은총으로
환갑 이후의 삶은 보너스
인생 후회 없이 잘살아 보리다
책에 나오는 영웅호걸은 못 되어도
인심 좋은 사람으로 기억될 수 있도록
노력하겠습니다

2023. 1. 1.

평행선 인연

사람에게는 누구나 기다리는 날은 있다
기다린다는 것은 의미를 두고 있다는 말이다
기다린 날을 위해 고민도 하고
계획도 세우고 시간을 구분해
연말연시에 중요한 만남을 가진다
가족들끼리 만나
한 해 살고 난 유산을 정리하고
다가올 새해를 살찌워 갈 계획을 세운다
아이 어릴 적부터 함께해온 연말정산 일이라
출가 후에도 부모와 함께했던
시간이 그리워 매년 같이 모여 보낸다
가정 살림살이 직장 생활 아이들 키우기
몸과 마음이 지쳐가도
어릴 적 공유했던 추억과
가족들의 품이 피로회복제가 되나 보다
잠든 손자, 손녀의 얼굴은 평온한 모습
잠든 딸아이의 모습은 피곤해 넋을 놓고 잔다
에휴! 먹고살기가 피곤한가 보다
무얼 잘해 줄까?
무엇을 하든 건강이 최고인데
몸에 좋은 음식 해 주면 잘 안 먹어 속이 상한다

자식은 어른이 되어도 부모 마음 못 헤아리는
아이들인가 보다
내 나이쯤 살아보면 부모 마음 알기나 할는지
부모와 자식은 철길 같아서 같은 길을 가면서도
영원한 평행선의 인연인가 보다

2023. 1. 1.

새해 소원

제야의 종소리는 여운만 남기고 산 넘어가고
하얀 서릿발에 쌓인 태양이
붉은 기운으로 축구공 골대 향하듯
동녘 산 넘어 굴러와 산 위에서 해맞이하는
골키퍼 내 품에 안긴다
새해에는 더 좋은 일 기대하는 일들이
염주 알 꿰듯 줄줄이 엮여 오면 좋겠다
세월은 샘물 차오르듯 살아 있다고
연봉을 나이로 연말정산 해 주고
사업에는 플러스 마이너스도 있다만
나이는 인심 좋게 언제나 플러스밖에 없다
육십 중반을 달리다 보니
주변 환경의 변화를 많이 느낄 수 있어
빠른 변화에 현기증이 난다
노래 합창하다 가사 잊은 것처럼 완벽하게 하기는 어렵고
아는 것 할 수 있는 것만 자신감 있게 불러 보자
있는 듯 없는 듯 소리소문없이
방해받지 않는 즐거운 삶이 되었으면 하고
해돋이 산 위에서 아무도 모르게
살며시 내 소원을 빌어보네

2023. 1. 1.

손녀에게

잠든 손녀의 얼굴을 본다
근심 걱정 하나 없는 평온한 얼굴이다
욕심 하나 붙어 있지 않는 마음이 백지인지
표정이 잠자는 얼굴 속으로 빠져들고 싶다
가만히 지켜보고 있노라면
내 마음에 평화와 안식을 준다
살며시 눈 뜨고 미소 젖은 목소리로
할아버지 하고 다가와 내 손을 잡아 흔들 때
나는 기쁨에 푹 빠져들고 원하는 것
그 무엇이라도 해 주고 싶다
올해 다섯 살이 된다
인간사는 세상 룰 조금씩 생존의 방법도 익혀져
제 나름대로 원하는 것 가지려
꼼수도 쓰고 비법도 선보이며
어른들이 만든 사회에 적응해 간다
사람들이 더 많은 욕심에 안 빠져들어
인간 사회 기본 룰을 깨지 말고
조상 대대로 지켜온 인륜을 보고 자라고
인간 법도 범위 내에서 하고 싶은 일 하고
희망에 꽃을 활짝 피우며 살았으면 좋겠네

2023. 1. 2.

신년 계획

새해 둘째 날
신년 계획은 쌈박한데
날씨는 내 계획에
찬성을 하는지 반대를 하는지
우중충한 회색 날씨다
새초롬한 찬 기운은
뜨거운 용기를 식히고
활동 반경을 일보 후퇴시킨다
생각이 깊을수록 얼굴에 주름살은 깊어지고
좋든 싫든 멈출 수 없는 시간이기에
감정에 가장 이쁜 화장을 입히고
마음속 불편한 감정은 이성으로
가면을 대신한다
세상살이 산전수전 다 겪은 나이이기에
웬만한 일쯤은 눈 하나 깜짝 안 하는
멘탈이 장착되어 있다
세월이 나이를 콩알 세듯 헤어 가면
세상을 한 바퀴 돌아 다시 환갑 땅을 지나
저세상 일이 궁금한 칠순 밑자리에 선
나는 무엇이 두렵고
무슨 큰 바람 있겠는가?

세상이 나누어 주는 것만큼 받고
시간이 허락하는 만큼 즐기면 되지
이제야 구름 속에서 햇살이 놀러 가자고
대문 밖에서 부른다
고운 햇살에 나비처럼 가벼운 발걸음으로
친구 만나러 커피 향 즐기러 가야겠다

2023. 1. 2.

손녀와 힘겨루기

맑은 시냇물이 모래알 일듯
아침 햇살은 창가로 밀려오고
시간은 하루의 시작을 알린다
오늘은 손녀 보는 셋째 날
이젠 서로 탐색전이 끝나고
일방적으로 유리한 비책은 없다
할 배의 알량한 꼼수도
반쯤 눈치채고 때론
할 배 본심을 먼저 읽어 버린다
손녀의 요구사항에 버텨보기도 하고
으름장도 놓아 보지만
손녀의 눈치와 배짱이 만만찮다
어른이나 아이나 속을 때 기분이라도
좋은 사기술이 최고인데 평소 낯선 기술이라
할배도 사기술이 몇 수 없다 보니 금새 바닥이 나네
아이는 집중시간이 짧고 변화에 변화를 거듭해야
안 지겨워하고 재미있어하는데 이번 일주일 같이 있으면
"할아버지 좋다."에서 "할아버지 싫어." 할 것 같아 고민이네
할배와 손녀의 주장은 항상 반대 방향이라
손녀 마음 낚을 묘수 미끼는 어디서 파는지 사고 싶다

2023. 1. 3.

노년에 하루

비단 천보다 더 부드러운 어둠에 천이
몇 겹으로 쌓여 있다
시간이 어둠을 한 겹 두 겹 벗겨내면
새벽닭이 알 낳듯
산 넘어서 아침 해가 뚝 떨어져 부화를 한다
병아리처럼 종종걸음으로
물 조리 물 주듯 고루고루
햇살을 대지에 뿌리면
아침은 밝아 오고
바쁜 직장인은 출근길 걸음 빨라지고
햇살이 대지에 어느 정도 깔리고 한숨 돌릴 때
백수는 시간의 여유로움을 가지고
하루를 시작한다
벌, 나비 꽃을 찾아가듯
은퇴한 친구를 만나
참새 방앗간 그냥 못 지나가듯
길거리에서 가장 흔한 집
카페에서 커피 향이 오고 가고
탁구 게임 하듯 대화를 주고받으며
노년에 하루를 교감한다

2023. 1. 4.

인생

아침 해는
금덩어리를 산 위에
올려놓은 듯 반짝거리며
사람들에 욕심을 자극하면
인간은 각자의 소망에 따라
원하는 장소에서 자기만의 보물을 채굴한다
하루하루 채굴해 모은 양을
저장소에 모아두면
월급으로 정산해 준다
우리네 삶도 하루하루 살고 나면
한 달이 채워지고
한 달이 열두 번 채우면
일 년을 만들어 일 년은 나이로 바꾸어
인생 나이테 하나를 커다랗게 그려준다
오늘 하루도 잘 살아
그림 이쁘게 그려
내 삶이 금덩어리처럼
반짝이는 하루가 되었으면
좋겠네

2023. 1. 4.

겨울

엄동설한 찬바람은 눈치도 없이
눌러앉은 자리가 제집인 양
부리는 텃세에 춥기만 하고
점심 먹고 난 뒷산 산그늘이
앞산을 좋다고 얼싸안을 때
참새도 추워서 일손을 놓고
집으로 돌아와
편안한 잠자리 다툼에 옥신각신이고
뒷산 노루는 산그늘 발자국 따라
들판으로 살금살금 내려온다
부지런한 빈 달은
태양에 햇살을 퍼 담아
어둠이 짙어지면
달빛 가루로 바꾸어
늦은 귀갓길 가는 내 님
앞길 곱게 뿌리며 안녕을 기원하겠지
오늘 밤도 술 한 잔에 아리랑 고개 넘어가듯
추억은 인생 뒷길로 소리 없이 넘어가겠네

2023. 1. 5.

까치 죽음

소한 추위 한파에
까치 한 마리 얼어 죽고
일가친척 다 모여
요란한 곡소리에
깜짝 놀란 겨울 햇살이
뜨거운 입김 호호 불어넣어 보지만
한 번 간 목숨 되돌아오지 않네
주어진 삶에 여정은 다사다난한
일생을 마감하기까지
얼마나 많은 생각과 번민에 밤을 가져야 했을까?
태어날 때만큼 돌아가는 길 어렵고 힘들다
삶에 욕심도 목숨 줄 하나에 매달린
여러 가지 중에 하나
수많은 만물이
오늘도 생과 사를 넘나들지만
그 의미를 애써 모른 체하고
나와는 아무 상관 없는 듯
내 주머니 채울 연구만 하는 나
어느 날 문득 내가 저 까치 모양
목숨줄 놓을 때
나만 허둥거려 봐도

타인은 지금 나처럼
아무런 느낌도 감성도 없겠지
그냥 세상일 그런가 보다 하고
자기들은 아무 상관 없는 일이라고
생각하며 자기 삶에 이끌려
목숨줄 유지하고 욕심 채우며 살겠지

2023. 1. 5.

일에 지쳐서

오늘도 아무런 생각 없이 산다
오로지 맡은 일만 생각할 뿐
내 직장에 나 혼자뿐이 아닌데 나만 바쁠까?
동녘에 솟는 저 태양이 밤새 쉬었다 오는 것 같아도
세상 한 바퀴 다 돌고 온다고 늦었다
나 역시 잠을 자나 일을 하나
나에게 주어진 사명감 하나 때문에
야근도 하고 눈물고개 넘어왔는데
아직도 그 길 끝이 보이지 않고
달리고 뛰어가도 넘고 또 넘어도 산뿐이니
내 마음은 어쩌란 말인가?
해도 해도 끝없이 밀려오는 일
오기로 버텨온 세월 이제는 포기하련다
힘의 한계에 부딪히니 나는 일에 항복했소
미련도 후회도 바램도 없다
끝이라 해도 시원섭섭할 뿐 아쉬움은 없다
지금 내가 원하는 것
나를 잊는 시간
세상을 잊는 시간
잠 한숨 푹 자고 싶다

2023. 1. 6.

노인의 겨울나기

어둠이 하늘과 땅 사이를 꽉 메우고
달빛 별빛마저 꽉 차 빈자리는 없는데
어떻게 밀고 들어왔는지
동장군의 기세에 땅은 그들에 놀이터가 되어
호작질을 당한다 지붕은 백발로 바꾸고
나뭇가지는 선심을 써 꽃 계급장을 붙이고
날이 새도록 도깨비 난장판이 되었구나
물가에 선 오리도 뒷산 산 까치도
오늘이 소한이라고 알린다
동장군의 대장 소한의 더 센 기운에
소낙비는 피하고 본다고
모두 다 제 영토에서 엎드려 있다
한 잔의 카페인이 미각을 유혹하면
접대용으로 구매해 둔
커피로 갈증을 해소하고
세상일 궁금하면 지인에게 전화로 대화를 나눈다
따스한 햇살의 온기가 창가에 서서
정오가 되었다고 알리면
친구의 부름을 받고
점심을 먹으러 대문을 나선다

2023. 1. 6.

겨울날 행복

엄동설한의 추위는 물 만난 물고기처럼
그 위세가 사또님 행차길 같고
가마솥 아궁이 앞으로 농한기
동네 사람들 다 모여들고
아궁이 속에 얼기설기 장작을 쌓아 놓고
솔가지를 밑불로 놓고 불을 붙이면
화산이 폭발하듯 하얀 연기가 굴뚝을 타고
하늘로 뭉텅뭉텅 올라서면
하늘에 구름은 기다렸다는 듯이
명주 솜 물 빨아먹듯 날름날름 먹어
어느 것이 구름인지 어느 것이 연기인지 모르겠네
가마솥에서 익어가는 맛있는 냄새가
모여든 동네 사람들 모두 다 행복하게 하고
아궁이에서 장작이 오도송으로 불꽃을 피우면
영롱한 불꽃은 숯이 품어내는 황홀한 유혹
홀린 것인지 감탄하는 것인지
따스한 온기에 부뚜막에서 졸고 있는
고양이가 행복해 미소를 짓는다
온 동네 사람들이 떠들고
마시는 술잔마다 행복이 가득 넘친다

2023. 1. 7.

장작

나무는 세상에 태어나 춘하추동으로 동산을 지키다
한 세상 그런대로 잘 살아왔다
내 뜻과 다르게 어느 날 생과 사를 달리해
화목으로 변해 가마솥 아궁이에 군불로 지피고
세상에서 제일 화려한 꽃
불꽃으로 마지막 흔적을 지운다
불꽃의 사랑은 깊어져
너무 가까이하면 데어 죽고 너무 멀면 춥다
좀 더 가까이 앉았다 뜨거워지면 몸을 식혔다
항상 관심을 가지고 거리 조절을 잘해야
만족한 행복을 가질 수 있는 것이
남자와 여자가 나누는 사랑에 밧줄 당기기 같네
솔솔 피어나는 장작에 연기는 나에게
무슨 말을 하고 싶을까?
장작이 숯이 되고 숯이 타고 남은 재는
나무가 남긴 사리인가?
잘 타고 남은 재는 하얀색
덜 타고 남은 색은 까만색
색깔로 삶이 평가되는 것이
나무의 일생인가 보다

2023. 1. 8.

부모 마음

하고 싶은 말
미워하는 마음보다
아끼는 마음이 커서
순간 마음이 앞서버린
감정의 분노 때문에
큰 소리로 마음 상하게 한
안 해도 좋을 소리를
시간이 지나면
내가 왜 참지 못했을까?
그때 마음을 후회할 것을
미워하는 마음은
하나도 없었는데
당하고만 사는 것 같아서
자식 일이 아버지 일이 되어
흥분해 질러버린 소리
걸러서 알아서 참고해서
듣고 버렸으면 좋겠다
마음에 남아 상처 되어
해마다 돌아오는
계절처럼 되살아나는
아픔이 안 되었으면 좋겠네

그때는 왜 그랬을까?
의문이 남지만 그 순간에 마음은
그물 친 족대에 다 잡은 잉어가
도망가는 순간처럼
마음이 급해서 그런 거였어
한숨 자고 나니
할 말 다한 속이
시원한 것이 아니라
마음 안 상하게
부드럽게 내 마음 못 전한
나의 짧은 말솜씨를 탓하고 싶다
세상을 환갑 넘게 살면서
산전수전 다 겪은 세월인데
어찌 말솜씨가 이 모양이냐
못난 내가 쓸쓸하고
어설픈 내가
작아 보이는
아침이네

2023. 1. 10.

아들에게 보내는 편지

철없던 시절도 지나고
인간이 꿈꾸던 독립된 가정도 일구어
아들딸 낳고
평범한 재미로 열심히 삶을 살아왔건만
독립해야 할 아들들이 마음 못 잡고
인생길 방황할 때
부모는 좌절을 느낀다
바른길 가길 원하는
부모 마음 몰라주고
늘 욕망과 쾌락에 삐딱선을 탄다
부모의 충고는
뒷산 산 까치 소리 취급하고
자기 욕망을 향해
노 저어 가는 아들의 인생 배
안타까운 뒷모습이
부모 마음 서글프게 한다
인연 줄 놓고 싶어도
모른 체하고 싶어도
천륜이 맺은 인연이라
인연 끊는다고 마음 다잡아 봐도
한숨 자고 나면

마음에 여유가 생기면
호수에 얼어가는 얼음처럼
아린 마음으로 자꾸 커져 온다
큰 바람도 아닌데
큰 욕심도 아닌데
보통 사람 모두가 가는 길
가정을 일구고
남들처럼 낮에 일하고
자식 키우는 행복 느끼며
살라고 하는데
아들 마음에는 노다지를 찾고
머릿속은 환상 속에 있는 파라다이스를 찾는데
이 세상에는 보물만큼 드문 일인데
그 어려운 일 왜 모험하고
상처 입고 결말은 불 보듯 뻔한데
너도 아버지 나이 되어
아버지 이 마음 알 때는
후회의 눈물뿐이란다

2023. 1. 10.

황강 물

지리산 천왕봉 바위에 부딪힌 달빛은
바람결에 양 사방 삼백 리 길 흩어져
세월에 부스러기 주워 엮으면
큰 산 발밑에서 솟은 샘이
너럭바위 자갈 천 바위틈 사이사이에 끼어
다듬질 되어 솔밭 천을 흘러갈 때
산 밑 동네 높은 굴뚝 연기에 익어가는 증류주가
술 빚는 소주 고리에 부딪혀
가쁜 입김은 하늘로 진상하고
술 항아리에는 이슬방울같이 고운 술 방울이
방울방울 떨어지며 어느 삶 위로해 줄까 노래하고
이 골짝 저 골짝 모인 물은
오일장 장꾼들 장 나들이 가듯
협심단결 하여 폭포를 만들어 거치고 험한
바윗길을 건너뛰고
구르고 흘러 내려오니
석양에 태산 그림자
물 모이는 큰 호수에 몸 담그고 목욕하는 소리가
물새 떼 노 저어 가는 듯하고
인고의 세월을 수행하다가
어느 날 인연을 만나 웅덩이를 벗어나

시인이 되어 노래도 하고
때론 그림쟁이가 되어
명사 이백 리 길 달려오니
가을 달빛이 그리는
월암산 삼 형제 이마에 걸린
단풍화가 막아서면
그 아름다운 풍광에 홀려
가던 길 멈추고
시간이 가는지 오는지도 모르고
어디로 가는지 있는지 없는지도 모를 만큼
황홀경에 빠져 사경을 헤맬 때
어렴풋이 들리는 이름 없는 절간에
새벽 승의 염불 소리가 하늘을 가르면
몸과 마음이 해탈하여
물길이 가자 하면 가고
서자 하면 서고
세월 가는 줄 모르고 가다 보니
낙동강 큰 오리 노 젓는 소리가
이마에 찰싹거린다

2023. 1. 11.

월암산 달빛

월암산을 넘는 섣달 보름달이
월암산 참나무 숲길을 기어 올라갈 때
수북이 깔린 낙엽을 밟는 소리가
바스락거리고
바스락거리는 소리에 놀란 토끼
잠에서 깨어나 두근거리는 심장 달래며
무슨 일인가 하고 두 귀 쫑긋 세우면
달빛과 바위가 나누는 세월의 대화를 듣는다
밤새도록 술래잡기 놀이를 즐기던 달도
허기진 배 못 채우고 기운이 없는지
황매산 돌 봉우리 못 넘어서고
옆길로 기울어 돌아갈 때
시루떡 쌓아 놓은 듯 층층이 쌓인
월암산 바위 봉우리가
강물에 얼굴을 비치니
강물은 달빛에 반사되어 바위에 그림을 그린다
솔가지에 붙은 솔방울은
신의 깊은 선비의 언약같이
해가 바뀌어도 떨어지지 않고
소나무를 지킨다
이슬과 서리가 나누는 서로의 이야기는 상반되고

달빛에 잠자리 찾아 서둘러 가는
기러기 날갯짓 소리가 천상의 노래가 되고
창을 비추는 달빛은
잠든 아이들 잘 자라고
밤이 새도록 동화 이야기를 들려준다

2023. 1. 11.

서리

고향 떠나온 기러기
북풍 한기가 물고 온
고향편지 읽고
고향 소식 향수에 달 보고
그리움에 눈물 흘린 밤
용이 되지 못한 이무기 한처럼
눈이 되지 못한 서리의 한이 짙어져
지붕 위에 하얗게 쌓이고
아침 햇살이 부르는
노랫소리에 얽히고설키고 한 맺힌 마음
한 올 한 올 풀어 실안개 되어
피어오르면 남은 그 한은
처마 끝에 낙수가 되어
얼어붙은 땅을 똑똑 두드려
땅속 씨앗들 안부를 묻고
그 기운 나무뿌리 끝에 닿으면
그 사연 하나둘 모아 뒀다가
봄이 오면
나뭇잎으로
꽃잎으로 말하겠네

2023. 1. 10.

오리의 노래

섣달그믐에 달 없이 보낸 새벽 별은
밤새 서운했는지
푸른 하늘보다 더 푸르게 반짝이고
동네 마실 왔다가 돌아가는 노루 발자국 따라
서릿발 부서지는 소리가
거문고 소리같이 청아하게
이른 아침 하늘에 음표를 그린다
새벽이 오는 소리에 정양 늪 호수 얼음은
실금이 가고 갈대숲 보금자리에서
막 기지개를 켠 오리 한 마리
호수 끝 갈대 머리까지 들리게
큰 소리가 몇 번이고 요란하다
밤새 외박하고 돌아온 수오리를 탓하는지
아이들 아침 먹고 학교 가라 하는 소리인지
아니면 간밤에 용꿈 꾸고
기분 좋아 부르는 고성방가인지 모르지만
나는 맨 뒤에 용꿈을 꾼 것으로 믿으련다
혹시나 하고 나도 그 기운 받아
희망이 넘치고
행복한 하루가 되려나 싶어

2023. 1. 12.

강아지와 등산

점심을 먹고 커피 한 잔으로 아쉬움 달래고
농장으로 가니 벌써 뒷산 그늘이 지팡이를 짚고
앞산을 만나려 나선다
옷매무시 정리 정돈하고 신발 끈 야무지게 조여 매고
산에 갈 채비를 하니 우리 집 수비대장 강아지 두 마리
같이 가면 안 되느냐고 꼬리 흔들며 아부를 한다
내가 업고 가나? 지고 가나?
자기 발로 가는 거 큰 인심 한번 쓰는 셈 치고
목줄을 풀어 주면 강아지는 넙죽 인사를 하며
나 잡아 봐라 하고 산으로 앞서간다
처음 가는 초행길이라 잘 갈는지 걱정했는데
산 짐승 있나 없나 한 바퀴 휙 돌아보고
주인이 어디쯤 가고 있는지 와서 눈도장 찍고
저 가고 싶은 데로 간다
그래도 주인 밑에 밥 먹고 살기가 수월한지
어디로 안 가고 사이좋게 집으로 돌아오니
오늘 하루는 마음 뿌듯한 것이
행복의 배터리가 만땅으로
충전되는 것 같구나

2023. 1. 12.

사랑해

일주일 전부터 일기예보에
비가 온다고 했다
엄동설한에 비라니 설마 설마 했는데
설마 설마가 사람 잡네
하늘과 땅 사이에 어둠만이
빽빽이 줄 서 있어
밤새 한 마리 먹새 한 마리
날 공간도 없는데
용하게 그 사이사이를 충돌사고 없이
한량이 되어 풍류를 즐긴다
시를 짓고 완급을 조절해
깊은 밤에 누가 듣든 말든
심금을 울리는 노래를 부른다
그대 좋아하는 내 마음에 진심을
종이배에 철철 넘치도록 실어
빗물에 띄우면 그 마음은
꿈속 길 따라 그대 마음속 찾아가
전하고 싶은 딱 세 마디 말 전하겠지
언제 누가 누구에게 들어도 좋은 말
사랑해

2023. 1. 13.

비 오는 새벽

가로등 불 어스름한 골목길에
토닥토닥 들리는 발자국 소리
밤 깊은 이 시간에
누가 늦은 귀갓길 오고 가나?
궁금해 누군가 싶어 창을 열고 바라보니
겨울에 내리는 밤비가 외로운 나를 홀리려고
홀로 선 가로등을 타고 내린다
빗물이 좁은 골목길을 앞서거니 뒤서거니
줄지어갈 때 영혼 없는 내 마음도
아무런 의미도 안 두고 뒤를 따른다
무작정 가다가 생각지도 못한
착한 인연을 만나 행여나 혹시나
낭만 이야기를 들려줄 만담꾼이라도
만날지 누가 아나
살아 있으면 욕심이 희망을 품고
의욕은 분리된 너와 나를 우리로 만든다
밤비 그치고 아침이 오면
아침 햇살은 나를 싣고
어디로 여행을 떠날지
기대와 궁금증이 머리 꼭대기에 서네

2023. 1. 13.

생쥐와 고양이

소리로 듣던 밤비를 아침이 되니 눈으로 본다
참새 새끼 조잘대듯 땅에 뛰어내린 빗물은
어리둥절해 어디로 가야 할지 길을 묻고
겨울에 목말라 있던 나무뿌리가 어서 오라고
자리를 내어주면 빗물은 언 땅을 녹이며
오라는 데로 간다 대한 절기에 내리는 비는
땅속뿌리에 양분 되어 올해는 지난 년보다 더 화려하고
웅장한 잎을 키워 세상에 존재감을 알리겠지
새벽 비에 아침 식사를 놓친 뒷담 쥐구멍에
삶에 의욕이 가득 찬 생쥐 한 마리
초롱초롱한 눈동자에 의욕이 가득하고
이 비 언제 그치려나 하고 들락날락하며
기회를 찾고 있는데
비 안 맞는 처마 밑에 고양이 한 마리
돌부처보다 더 무거운 엉덩이를 깔고
동안거 명상에 빠진 수도승 보다
더 우아한 자세로 기회를 기다린다
생과 사의 승부는 한순간의 기회라는 것을
보여주고 누가 누구의 편이 되든 운수 좋은 자가
생의 카드를 가지겠네

2023. 1. 13.

통증의 괴로움

어깨 수술 후 칠 주차
재활운동 한다고
어제 좀 더 열심히 운동했더니
통증이 잠을 안 재운다
밤이슬이 놀러 왔다가
판넬 지붕의 유혹에 넘어가
놀이에 취해 가지 못하고 붙잡혀
어둠에 눈물이 낙수 되어 새벽을 깨운다
날이 밝아 올수록 낙수는
땅의 두드림이 잦아지고
어둠은 그 아픔에 못 이겨
한 발 두 발 물러서고
아침 햇살은 어둠을 잡으러
세상을 환히 밝히면
어둠은 세상 어디에도 흔적이 없다
세상살이 아픈 만큼 괴로움 없고
그 고통은 세상 어느 맛보다 고단하다
망태에 잡힌 물고기처럼 피할 수 없는
외통수에 대책을 강구해 본들
무슨 수가 있겠는가?
오로지 그 약은 고통과 시간이 해결해 준다

몸 함부로 쓴 죄 반성을
오늘 밤도 시간 수로 채운다
아픔에 통증은 삶이 죽음으로 금이 가는 소리
내 아픔에 눈물은 새벽이슬에 낙수처럼
고통을 울부짖어 보지만
어느 누구도 도와줄 수가 없네

2023. 1. 14.

봄 기다리는 마음

겨울에 사랑 실은 꽃비가 내린다
대한 집 앞에 눈 손님이 아닌
겨울비가 웬 말인가?
겨울비가 온기로 하늘에 찬 기운을 씻어 내린다
밤비가 온다
밤새도록 어둠을 씻어내니
아침이 오고 빗물이 세상 군더더기를 싣고
강으로 가고 세상에 기억하고 싶지 않은
물건들을 바닷속에 저장한다
추위에 언 땅이 빗물에 녹아
물기가 스며들면 겨울잠 자던
나무뿌리가 놀란 눈을 뜬다
이웃에 동면으로 생명 연장술을
부리는 개구리 처사 잠 깨우며
올해도 어울려 한세상 잘살아 보자고
덕담을 건네고 화려한 봄 준비에
마음이 들뜬다

2023. 1. 13.

카페에서

휴일 날 삼대가 모여 점심 한 그릇 사 먹고
카페에서 아메리카노 한 잔으로
낭만에 하루 시간을 녹여본다
반죽 잘된 시간에
순간들을 카메라에 잡아
추억 속으로 가둔다
햇살 닮은 황금빛 조명이
테이블 위에 물결 일렁이듯 출렁거리면
삼대가 주고받는 이야기는
조명에 물결을 타고 건너편에까지 도달하고
감미로운 음악 소리는 장단을 맞추며
일상에 복잡한 마음에 밭을 갈고
손자들의 재잘거리는 소리는
웃음에 씨앗이 된다
집안이 아닌 객지에서 탁자에 마주 앉아
일상의 소소한 이야기가
삼대의 마음을 엮어두고
속닥거리는 웃음은
카페의 노랫가락이 되어
음표를 그린다

2023. 1. 15.

겨울비 오는 오후

고향 떠나온 기러기
타향살이 힘들다고
어제는 동쪽으로 일자리 찾아 나서고
오늘은 남쪽으로 일자리 찾아
이른 새벽에 길 나서고
그 세상도 불경기인가 보네
어디선지 모르지만
하나둘 모여든 구름이
자리를 잡는다
조만간 공장을 차려
비를 만들어 겨울을 밀어내고
봄 세상을 만들 모양이네
대한이 가기도 전에
봄비의 마술은 시작되고
토닥토닥 내리는 비는
마음이 답답한 사람을 거리로 불러낸다
아무런 말 없이 내리는 빗길 따라
우산을 벗 삼아
오라는 곳 가라는 곳 없어도
무작정 따라가다 보면
밥집 간판이 여기 와서 밥 먹고 가

무얼 먹을까는 메뉴판이 정해주고
배부른 만큼 먹고 나면
네온간판의 반짝임이
이쁜 카페에서 놀다 가라고 유혹해
자의 반 타의 반으로 카페에 들어서면
젊은 날 한때 가슴 시리도록
사랑했던 음악이 홀을 가득 메우고
오래간만이라고 인사를 건네는구나
갈색 탁자에 색깔 짙은 의자에 앉아
갈색 커피 향이 솔솔 입김을 토하고
그 향기에 취한 감성은 향수를 자극하고
추억은 늘 나의 그림자 친구가 되어
내 마음이 허전할 때 내 옆에 서서
수호천사가 되어 주고
카페의 조명이 이어주는 인연 따라
세상사 소쿠리 비행기 한 번 타고 돌아와
커피 한 잔으로 휴일 오후 한때를
행복으로 메꾸어가네

2023. 1. 15.

삶이란

바람이 불러온 구름은
갈 길을 못 정하고 버티고 서 있다
참을 만큼 참고 있던 아침 햇살과 힘겨루기에
버거웠던지 구름은 슬금슬금
뒷걸음질로 물러나고 패기와 용기로 도전하고
또 방어하고 공격과 방어가
늘 공존하는 세상사
실패가 끝이 아니고
성공이 끝이 아닌 세상
웃기도 하고 울기도 하고
인생살이 풍차는 시작도 없고 끝도 없다
있다면 이 순간만 있을 뿐이다
오늘도 희로애락 오욕칠정에
불꽃놀이를 신고 잘도 돌아간다
인생은 늘 새로운 일에
도전하고 가뭄에 콩 나듯이 드물게 성공한다
삶은 실패를 통해 성공을 향해
한 발 한 발 전진해 가는 것
실패는 완성을 향해
한 뜸 한 바늘 꿰매어가는 바느질이다

2023. 1. 16.

님 기다림

누가 불러주지 않아도
오라는 곳 가라는 곳
없는 나그네도
마음에 남는 그림은 있고
가는 세월이 무심하다고 하나
밤과 낮으로 하루를 구분해 주고
해와 달아 무심하다고 하나
햇빛과 달빛으로 세상 어두운 곳
없도록 환히 밝히는데
날 사랑한다고 말하는 내 님은
해가 서산을 넘어가고
저녁 먹고 난 달이
창문을 찾아 들어와도
무소식이 희소식이라고
안부 전화 한 번 없네
수양버들 아래 말 매어놓고
같이 갈 님 기다리는
그 마음 알겠네

2023. 1. 16.

벗에게 보내는 편지

담장을 타고 올라간 장미 꽃나무
철모르고 초겨울에 객기로 꽃을 피웠다
오기로 추위와 힘겨루기를 하더니만
추위에 못 이겨 결국 박제가 되었구나
자고 일어나 문을 여니
대한 절기 문 앞에서 보초 서던 찬바람이
덤프트럭이 흙 쏟아붓듯
찬 기운이 밀려와 얼른 방안으로 피신하고
컴퓨터와 짝꿍이 되어 알 품는 닭
병아리 깨어 나올 때까지 기다리듯
추위를 뚫고 햇살이 자리를 잡고
나를 불러줄 때까지 기다려야겠네
우체부 아저씨 오토바이 소리 골목을 메우고
우편함에 달그락거리는 소리
누가 나에게 좋은 소식 전해 왔는지 궁금하네
오고 가는 사람들이 있는 걸 보니
그래도 시간은 가는가 보네
벗이여 날씨가 춥다 끼니 잘 챙겨 드시고
오늘도 건강하고 웃음이 있는 하루가 되시구려

2023. 1. 17.

인연 정리

푸른 하늘에 아침 해는 깨알을 볶아내듯

따스한 햇살을 쏟아내고

간밤 추위에 마취제를 맞은 듯

언 나뭇가지에 까치가 내려앉으니

그 온기에 마취 풀린 나뭇가지가 위아래로 출렁이고

나는 까치 소리에 출타 준비를 하면서도

전화기만 자꾸 만지작거린다

기다리는 전화가 있는데

내가 먼저 연락해도 되지만 전화 오기를 기다린다

왜냐하면, 그가 내게 관심이 있나? 없나? 싶어

요즈음 그의 행동이 미심쩍어서

그가 나를 마음에 담아 두고 있다면 전화할 테니까

아니면 이참에 나에게 관심 없는 사람

나도 관심 안 가지려고

내 마음 구속에서 벗어나

나와 같은 하늘을 바라보면

웃을 때 같이 웃고

울 때 같이 우는

마음이 통하는

사람을 만나고 싶다

2023. 1. 17.

반려견

점심을 먹고 풍경 좋은 카페에서
분위기를 즐기며
한나절을 즐기던 태양도
해거름이 되니 여유로운 발걸음
느긋하게 뒷강을 건너가고
태양은 오늘 하루 운수 좋은 날인가 보다
푸른 하늘에 흰 구름은 어디로 가는지
하얀 물보라를 일으키며
바람 따라 달려가고 주인 경호한다고
등산길 따라나선 우리 집 강아지 두 마리
미리 정찰 한번 하고 돌아와
주인에게 눈도장 찍고
꼬리 흔들며 앞뒤로 따르고
믿음은 실없는 사람 약속보다 낫네
그 보상으로 추석 때 벌초로 잘 정돈된
숲속 모등 앞마당에
마음껏 장난치며
놀게 기다려준다
이것이 사람과 개의 교감이고
배려심이 아닌가?

2023. 1. 17.

수선화 꽃

햇살 좋은 오월에 푸른 하늘에 태양은
햇살 하나 흔들림 없이
봄을 익혀 아지랑이 피워 올리고
피라미 하품 소리에
잔물결이 노 저어가는 연못도
작은 산새의 사랑가 노랫가락 소리에 숨을 죽이고
갓 피어난 수선화는 명경 같은 물속을 들여다보고
잘생긴 자기 자태에
몸과 마음은 하늘에 뜬 뭉게구름이 된다
작은 연못가에 파란색 수선화 꽃 피어나
사흘 나흘을 기다려도
만나자고 약속한 님은 오지 않고
마음 상하고 몸 상한 꽃잎은
한나절 동안 잔물결 하나 없는 연못에
얼굴을 비추고 섰더니
햇살이 석양에 낙조로 부서질 때
그 햇살 파편에 맞아
꽃잎은 하나둘 연못에 떨어지고
기다림에 서운한 마음
한이 되어 노래하네

2023. 1. 17.

인생의 묘수

시간이 어둠을 갉아먹어
구멍 난 틈 사이로 밝음이 밤새도록
물 스며들 듯 새어 들어와
하늘에서 해가 뚝 떨어져 아침이 되었네
세상의 모든 생물에 삶의 경쟁은 시작되고
저마다 타고난 재능을 무기 삼아
가고자 하는 길을 정벌해 나아간다
주어진 기회는 오늘 하루뿐
오늘을 살아남아야 내일이라는
새로운 기회를 잡는다
세상은 늘 생존에 현실만 존재하는 게임장
세상에는 딱 두 가지 이야기뿐이다
사는 이야기는 내일로 이어지고
죽는 이야기는 오늘로 끝이다
둘 다 과거는 존재한다
추억은 오늘이 지나온 어제의 발자국이니까
살아 있는 것은 인생의 묘수이고
죽음은 인생의 외통수다
오늘도 묘수를 잘 풀어 내일이라는
기회의 한 수를 늘려 가보세

2023. 1. 18.

마음가짐

바다에 김 발을 내려놓고 낚시를 한다
떠돌아다니던 생명 붙어살라고
너도 살고 나도 이익이 생기는 일
그 바람 이루어졌으면 좋겠네
아침 햇살은 오늘도 기회란
큰 판을 깔아 놓고
원하는 일 해 보라고 응원하고
난 아픈 어깨 재활운동에
하루 햇살을 촘촘히 다 쓴다
화산이 한 번 폭발로 응축된 힘 다 쓰듯이
나도 재기를 위한 마음에 각오
열기를 더해가고
세상일 나설 때 내가 던진 낚싯대에
이것저것 희망에 씨앗들이
무진장 걸려들겠지
지금은 개구리가 담을 넘기 위해
움츠려 힘을 모으는 시간이라 생각하자
내일은 일할 기회와 선물이 가득하니까
오늘 조급해하지 말고
기다릴 줄 아는 시간을 배우자

2023. 1. 18.

월암산의 봄

월암산 절벽에 추위가 녹으면
봄 햇살이 터를 잡아 이삿짐을 풀어 놓고
낙동강을 거슬러 올라온 은어가
남국에 봄꽃 이야기를 전하고
절벽 층층이 바위틈 사이에 선
돌 복숭아꽃은 벌, 나비를 매단 듯이
수도 없이 피어나
봄바람에 살랑살랑거릴 때 꽃 물결의 출렁임은
새색시 치맛자락같이 나풀거리고
연하고 부드러운 꽃향기는 죽은 김삿갓도 불러오겠네
봄 내음이 사방천지에서 짙어 오는
진달래꽃 피는 월 암산 꼭대기에 앉아 고개 들어 보니
하늘에 태양은 신선이 되어
흰 구름을 타고 내리며 노닐고
왜가리 한 마리 창공에 춤을 추며 장단 맞춘다
물 맑은 황강 모래밭에는 짝 찾아
새 살림살이 둥지 트는 종달새가
환희 속에 부르는 노랫소리 듣기 좋고
신이 난 물총새의 바쁜 걸음이 세월을 재촉하네
뻐꾸기 비둘기가 부르는 사랑가를
메아리가 따라 부르면

생의 기쁨이 죽음을 막아서고 산마루에서
반쯤 신선이 되어 세속에 욕심을
조금씩 봄바람에 날려보는
날씨 좋은 어느 봄날의 일기로구나

2023. 1. 18.

이별의 노래

나는 울고 있다 너의 하얀 거짓말에
너의 숨 가쁜 거친 변명에
뜨거운 내 마음은 식어가고
말은 이렇게 조심스럽게 하지만
너를 향한 심장은 차갑게 식어간다
네가 행하는 이중 플레이를 내가 모를 것 같나?
네가 미안해할까 봐
네가 당황해할까 봐
모른 체하는 거야 사실 기회를 한 번 더 주는 거야
네가 눈치채고 적당한 선에서 멈춰 주었으면 좋겠는데
현명한 사람이라면 눈치가 있어야지
기회는 매일 오고 가는 날씨가 아니야
난 지금 너에게 마지막 카드를

몇 번이고 넣었다 꺼냈다를 반복한다
애증이란 인연 줄에 헤어짐과 만남이란
물건이 곡예를 부린다
진실은 화려한 거짓말은
세월에 빛깔이 퇴색되어 가지만
화려하지 않아도 변질되지는 않는다
거짓말은 말할 때마다 바뀌는
유전자가 숨어 있다
만남은 구속에 시작이었고
그 울타리는 사랑이었다
헤어짐은
자유를 주지만 세상살이에
가장 큰 방패막이 없어지고
즐거운 낙이 없어지는 것
하나를 얻으면 하나를 잃는 것이
세상 이치다
떠나는 방랑자여
이 세상이 끝나는 그 날까지
네 방식대로 행복하여라

2023. 1. 21.

꽃 씨

복잡한 머릿속은
깊은 잠으로 풀리고
노쇠하고 병든 초목은
서리 한방으로 해결된다
활동이 정지된 세월이
내공을 쌓으면
심장 속에 에너지가 쌓이고
그 힘이 용기가 되어
솔솔 피어날 때
방 안에서 화분에 꽃씨를 심는다
계절은 겨울이지만 따뜻한 흙 속에서
씨앗은 물을 만나 용기를 얻어
새싹이 살며시 발을 내려놓더니
몇 날 며칠 숙고 끝에
고개 숙인 몸통으로 일어서고
머리를 흔들고 나타나더니
오늘 아침에는 음과 양의 조화를 맞춘
떡잎을 동서로 향해 팔 벌리고
태양에 기운을 모으며
일생의 출발을 알리네

2023. 1. 21.

이별

님의 마음속같이 짙은 커피 한 잔을 마시며
내 마음을 씻어 본다
가슴에 꽉 막힌 응어리 떼어내려
어제저녁 생각을 오늘 재탕해 봤자
나 혼자 변해 본들 상대방이 안 변하는데
어찌 좋은 결과가 있겠는가
구름 위에 집 짓기다
하지 말라 해도 모르게 하고
왜 그랬냐 하면
안 그랬다 하고
인간은 고쳐 쓰는 물건이 아니라고 하더니
사람에 능력으로 사람 성격 바꿀 수 없네
가지고 속앓이하느니
차라리 버리고 잊자
투자한 노력과 공든 탑은
배움에 수업료로 생각하고
하루 햇살이 다 못되어도
오후 햇빛만 해도
부지런히 살면 하루 종일
햇살 안 부럽다

2023. 1. 21.

무덤 앞에서

차가운 북풍에 솔잎도 손이 시려워
그 고통에 휘파람 소리를 낸다
지는 석양에 노을빛은 나무 연필로
그림을 하나, 둘 빈자리를 그려가고
바람이 먹고 갔는지 세월이 지우고 갔는지
영원히 안 지워질 것 같은 비석에
새긴 뚜렷한 글자도 희미하고
자존심같이 콧대 높아
영원히 안 무너질 것 같은 무덤도
해도 넘고 달도 넘고
타인에 인생도 놀다 가니
무덤 높이가 상석 돌과 어깨동무하고
고민 많은 날 나도 그 앞에 앉아
놓을까, 말까? 하는 고민을
며칠 몇 날 장고 끝에 물어봅니다.
여기 누우신 할배요,
욕심은 채워야 합니까? 아니면 버려야 합니까?
예쁜 새를 새장에 가두고
먹이를 줘서 키워야 합니까?
아니면 오든지 말든지 던져둬야 합니까?
이놈아, 날 보면 몰라

죽고 보니 이러면 어떻고 저러면 어떻냐
인간지사 순간에서 찰나를 건너가는 발걸음인데
중생아, 오늘 피었다 지고 말
허상을 붙들고 고민 말라고
귓구멍 후벼 파듯 들려주는 듯하네

2023. 1. 21.

조강지처 사랑

시간은 모든 것을 변절시킨다
첫사랑은 먼지 쌓이듯 보이지 않지만
세월 지나고 보면
강물도 못 넘고
태산도 못 넘는
믿음에 정 만들고
강물이 산하를 밤낮으로 돌고 돌아
바다가 만나는 곳에
강물에 소원 실은 모래알
하나둘 평생을 모아

땅을 만들어 공든 탑 쌓아 놓으면
갈 곳 없는 갈대 씨
하늘을 휘날리다
하나둘 찾아들어
파도에 모래알 지키고
먼 길 여행하는 철새들의
평온한 안식처 섬이 된다
세월이 흘러가면
본래 양심은 얇아져 가는데
조강지처가 베푸는 사랑은
금과 같은 사랑이고
두 번째 사랑은 은빛 사랑일세
금은 매일 닦지 않아도 그 빛깔 변함없고
은 빛깔은 매일 닦지 아니하면 때가 낀다
편안한 노후 보장은
조강지처 사랑이 최고라네

2023. 1. 22.

설 날

오늘이 설날이다
명절 풍경도 내 얼굴만큼 많이 변해버렸다
내 어릴 적 설날은 생일날보다
장날보다 더 큰 떡고물이 떨어지는 날이었는데
코로나 세월 삼 년 지나고 보니
간소화 명분에 편리성과 효율화를 추구하는
세대들 주장이 대세라
자꾸 밋밋해져 간다
아버지 어머니 차례상에
막걸리 한 잔 부어놓고
향을 피워 놓으니
빨간 향불 끝에서 타오르는
가물거리는 하얀 연기는
내 어릴 적에 어머니가
부엌 조왕신에게 정안수 떠 놓고
자식 잘되라고 축원하던
붉은 입술에서 피어오르는 주문 소리가
허공에 퍼져 나가는 소원의 소리
밥이며 떡이며 전이며
잘 차려진 차례상을 차려놓고
어머니 아버지 생각에 목이 메이고

지금 당장 한 번만이라도 살아 돌아오셔서
차례상을 아침 밥상 삼아 드시며
예전에 하시던 밥상 대화를 나누고 싶습니다
차례상에 절 두 번 하고 나니
어머니 아버지가 오늘따라 무척 그립습니다

2023. 1. 22.

설날 등산

정월 초하룻날 오후
방울 달린 강아지 두 마리와 내가
산길을 오른다
새해 고향 찾아
귀성길 아직도 안 돌아왔는지
비둘기, 산까치, 굴뚝새도 보이지 않고
굽은 도로 따라 자동차가
아이들 기차놀이 하듯
꼬리에 꼬리를 문다
처갓집 장모님 사랑받고 가는지
고향 집 어머니 자장가 소리
듣고 가는지
모두 다 돌아가는 길
올 때만큼 갈 때도 기분 좋은지
못 물어봐서 모르겠네
겨울 찬바람이 제법 솔잎을 흔들어
향기를 솔솔 피워도
산길에 깔린
낙엽은 미동도 없고
강아지 방울 소리는
가뭄에 콩 나듯이 간간이 딸랑거리고

솔가지에 솔방울 걸려 있듯
딸랑이 개 방울 소리는 새소리 모양
숲속 나뭇가지에 화음으로 걸린다
산꼭대기 올라 사방천지 둘러보니
해는 바뀌어도 작년 모습 그대로인데
내 얼굴에 삶에 계급장 잔주름만
하나 더 그려주고
살아남아서 축하한다고
나이 든 탑에 돌 하나 더 올려주네

2023. 1. 22.

맞선 철학

기대감에 가슴이 띈다
설렘에 몇 번이나 연습해 본다
될까? 말까?
뜬구름 잡기다
상상의 가능성에서 현실의 실제를 찾는
노다지의 꿈이 이루어지는 것이
맞선 자리다
인생의 승패를 건 인생 일대의 도박이다
꼬이느냐? 꼬시느냐?
고수와 하수의 수 싸움이다
포장도 보고 내용물도 실한지
확인해야 하는 순간
순간의 선택이 평생을 좌우하기에
혼신에 힘을 다 써야 한다
얼음처럼 차가운 이성으로
상대의 수를 읽고 또 읽어
경우에 수 손익까지 계산에 넣어야 하는
깊은 생각을 해야 하고
그 확신이 옳다면 끝까지 흔들림 없이
밀고 나가야 한다
앞으로 나아가려면 팔을 흔들어야

전진할 수 있듯이
삶에 성공이 가는 길에
어찌 좌절에 흔들림이 없겠는가
포장의 위장술은 화장이고
내용물의 위장술은 사기다
화려한 꽃은 허세고
열매는 믿음만큼 실하다
화려한 눈의 욕구에 유혹되지 말고
마음이 익어 세상을 담아 가는
소리를 들어 보자
욕심이 개입된 주관적인 나는
사실을 이쁜 포장지로 싼다
객관적인 나는 있는 그대로 느낌 그대로
마음에 내면을 지켜본다
맞선은 인간이 가지고 있는 최고의
예지력과 관상 보기와 마음 알기를
발휘해야 하는 타고난 능력의 시험장이고
돌다리도 두드려 보고 건넌다고
시간을 두고 상대를 알아감이
중요하다

2023. 1. 23.

내 사랑의 크기

땅을 사랑한 태양은
하루도 안 보고는 죽고도 못 사는 사이인지
어둠이 미쳐가기도 전에 치맛자락 붙들고
새벽부터 대문 앞을 서성이고
오늘도 그 좋은 사랑놀이 알콩달콩 즐길랑갑다
하늘이 웃으면 땅도 웃고
하늘이 울면 땅도 눈물 흘리는
일심동체 사랑이여
그대들의 사랑은 수만 년이 흘러도
본래 그대로 그 모습인데
삼십 년도 못 되는 인간 사랑은
왜 이 모양이냐?
소리만 요란한 양철 사랑
깃털보다 더 가벼운 스치고 지나가는
짧은 인연이 맺어 준 사랑
기억 속에 흔적도 없이 사라지는 풀잎 사랑
난 그런 사랑 모두 다 싫다
하늘과 땅에 사랑 반의 반도 아닌
딱 백 년 동안 변하지 않는 사랑
한번 해 보고 싶다

2023. 1. 23.

중독된 사랑

심장이 뛴다 잠도 안 온다
비둘기가 나무 위에 있어도 마음은 콩밭에 있듯이
다른 일을 하면서도 마음속은 늘 콩밭이다
완전히 소유하고 싶은데 반쯤 가진 마음이 애가 탄다
합리적으로 못 가지는 것 포기가 맞는데
감정은 늘 상 합리성을 흔들고 있다
세상에는 합리성을 버리고
감정을 택한 사람들이 얼마나 많이 망해 갔던가?
역사를 통해서 뉴스를 통해서
학습되고 쇠뇌되었는데
남의 일이라면 나도 합리성을
지지하고 감성적인 것은 배척한다
내 마음이 많이 아리고 속이 쓰려도
역사가 증명한 사실을 내가 몸과 마음을 다 바쳐
또다시 증명할 필요가 있겠는가?
마음에 이성과 욕심의 번민이
오락가락 결정 안 날 때
나만의 생각보다 다른 사람 생각이 항상 옳다
나만의 고집은 그 결말이
패가망신으로 가는 지름길이다

2023. 1. 23.

봄 기다리는 오후

사람들 점심밥을 먹이고 난 햇살은
시간에 여유를 가지고
봄빛을 닮은 듯한 달콤한 향기로
나를 햇살 속으로 불러내고
양지쪽에 앉아 햇살을 쪼이니
빛 좋은 봄빛 햇살에 몸은 가벼워지고
기분은 청춘의 날로 옮겨 놓은 듯이
심장이 뛴다
남향 길가에 참새 다방 창가에
참새 떼 조잘거리는 소리
가만히 들어 보니 바다가 보이는
산 넘어 동네에 봄을 파는 보부상이
왔다고 놀러 가자 하고
관광버스 불러 일박 이일로 가자는 둥
중구난방으로 하는 회의 두서없이 끝나고
온다 간다 말도 없이 훌쩍 날아갔네
산불 났다고 출동했던 헬리콥터 날아가는
날갯소리에 일시에 얼음이 되니
세상사 눈먼 이야기 팍팍하게 안 들리고
삶에 여유를 가져보는데
마당개가 봄이 오는 산길로 유람 가자고

살짝 꼬드기면 줏대 없이
이리저리 춤추는 허수아비 모양
금세 넘어가 산행 준비를 하고
먼 곳에서 오시는 봄 손님 맞이하려
손잡고 일어서네

2023. 1. 23.

사는 것 별것 아닌데

손자가 왔다
한나절 놀고 나니 지겨운지
바람 쐬러 가자 한다
설 뒷날이라 다 같이 공원을 간다
명절 뒤끝이라 운동한다고
오고 가는 사람들이 평소보다 많다
안면이 있는 사람들끼리
삼삼오오 무리를 이루어
산책길을 걸어 돌고 또 돈다
아마도 나누는 이야기는
명절에 자식 다녀간 이야기
일상에 가벼운 이야기를 주고받겠지
일곱 살, 다섯 살 손주 녀석들
붙임성도 좋다
아무나 하고 어울려서 잘 논다
엎어지고 자빠지고 노는 폼이 딱 강아지 폼이다
손자들 머릿속 생각은
즐거움만 가득하겠지
아이들 생각은 작은 곳에서
이익도 손해도 따짐 없이
그냥 있는 그대로 즐기는데

어른들 머릿속은 왜 그리도 복잡할까?
사는 것 별것 아닌데
그냥 오면 오는 대로
가면 가는 데로 살면 되지

2023. 1. 23.

매물 비용

그게 그렇게 어려운 일인가?
한번 정한 마음
변함없이 끝까지 가 보는 것이
순간순간 화려한 유혹도 있고
지겨운 길도 있겠지만
정상 길에서 벗어난
옆길 걷던 인생을
바른길로 돌려놓아도 본성이 그런지
잠시 눈밖에 벗어나면
또 옆길로 간다
습성이 바뀔 때까지
지키느냐
아니면 포기하느냐
기로에 서 있다
더 투자해 본들 확신이 없어
손절이다
그릇이 그것밖에 안 되는데
어찌 넘치는 복 담겠는가?
원래부터 내 것이 아니고
내 작은 재주로 신도 못 고친
인간에 나쁜 습성을 고치겠는가

홀홀 털어버리고 내 가던 길
편안하게 갈란다
잘 가라
한때 인연에 매듭 줄이여

2023. 1. 23.

노을 진 강물

해 저문 강에 석양에 노을빛이
산 그림자를 드리우면
떨어지는 산 그림자에 물결은 헤엄을 치고
풍경이 좋은지 흘러가던 물도
뒤돌아보고 일렁이는 물결을 타고
피라미, 붕어는 신이 나 물장구를 친다
먼 길 나서다 집으로 돌아가던
오리 떼 한 무리
명경 같은 물속에 목욕을 즐기고
별미로 피라미. 붕어회 한 사리 하고 갈
요량인지 물속에 머리 박고
어름한 물고기 있나 하고 들여다보네
겨울이 흘러가는 추위 끝물에서
여운처럼 긴 물꼬리를 남기고
오리 자맥질에 놀란 피라미
눈알이 동그랗게 놀란 모습이
지는 둥근 해를 꼭 닮았네
물속은 거꾸로 세상
나무도 가지가 뿌리 되고
산도 산봉우리가 밑바닥이 된다
오다가다 만나 길동무 된 물도

너네 없이 우리가 되어
강물에 사랑가를 함께 부르며
하나가 되어
시간에 이야기를
써내려가네

2023. 1. 23.

장작

소한 대한 다 지나고
입춘이 코앞이라 해도
추위가 밤새
문밖에서 얼마나 떨었는지
문 여는 소리에 얼른 들어와 내 품에 안긴다
밤새도록 타고
남은 장작의 일생 이야기는
잿가루로 남아 무엇으로 쓸 것인지
내게 숙제를 남기고
아버지에서 아들로 대를 이어
세상사 이야기를 엮어 가듯이
또다시 장작으로 불꽃을 잇는다
활활 타들어 가는
장작 몸은 따뜻한 온기를 전하고
그 혼은 연기를 타고 하늘로 간다
뜨거운 열기가 온몸에 전달되어
땀샘으로부터 신호가 올 때
한 발쯤 물러나 세상사 잊고 있으면
지나가던 잠이 찾아와
꿈이란 씨앗을 뿌려 농사를 짓는다

2023. 1. 24.

기러기

정월 초하루도 지나고 고향 찾아왔던 차들도
자기 사는 곳으로 하나둘 찾아가고
성격 느긋한 차 몇 대만
동네 골목길을 지킨다
대한 추위 지났다고 햇살에 힘이 실리고
입춘을 바라보는 태양은 희망이 있어 그런지
오늘은 햇살 발걸음이 가볍게
요리조리 구름을 잘 피해 다닌다
차를 타고 창고 놀이터로
오는 길에 들판 어디선가
봄 내음이 솔솔 피어나는 봄 노래를 부른다
먼 길 가서 설 쉬고 온
기러기 떼 보리논에 빈틈없이 앉아
명절 뒤끝 이야기에 신이 나
보리 심은 논을 다 멘다
작년 겨울에는 겨울 양식한다고 메고
올해 설 쉬고 왔다고
두 벌 논, 세 벌 논 메는 걸 보니
그 집 보리밥 오월에
이삭 구경할 수 있으려나?

2023. 1. 24.

삶의 바른길

한숨 자고 나 눈을 뜬다
많이 자고 났다 싶은데
아직도 시계는 오밤중이다
시계가 게으름을 피우는 것인지
내가 불면증인지 모르겠네
며칠 전부터 해결하지 못한
마음에 숙제가 발목을 잡고
나를 깨웠나 보네
문제의 해결 없이는 없어지는 것이 아니고
우선순위에서 미루어지는 것
삶의 중요도에서 차츰차츰 멀어지면
미완성의 숙제로 생각 속에서 희미해져 간다
잊혀진다 이루고 못 이루고는
그 일이 그 삶에 얼마나 중요한가의 문제다
해결해도 되고 안 해도 되는 문제는
할 일 없을 때 생각했다가
망각 속으로 사라져 가고 미루어지는 것이다
같은 꽃이라 해도 내 마당에 심긴 꽃이랑
내 대문 밖에서 보는 꽃의 감흥은 다르다
누구의 관심에서 무관심으로 멀어지는 것은
관계의 단절이고 절연이다

인연의 고리가 하나 끊어짐은
그 일로부터 해방이고
그 일이 모이고 모이면
해탈이고 성불로 이어지는 길이다
무리수 없이 저항 없이
원만한 해결에 방법을 정도의 길이라 한다

2023. 1. 24.

시베리아 북풍

이제 안녕이라 말하고 싶다
잘 가라 말하고 싶다
지난여름부터 기다려 온 겨울이지만
하얀 눈도 좋고 지저분하고
늙고 구질한 짐이 되는
초목에 일생을 젊음으로 환생시켜주는
계절이기에 좋아했다
귀때기 날아갈 듯 매서운 북풍이
그 강력함에 매력은 있었다
발끝이 아리고 시린 고통이
삶의 의욕을 자극해서 좋았고
찬바람이 얼굴 볼살을
홍게 익힌 모양으로 만들어
갈구어도 즐겼고
뛰는 심장이 최고 출력으로 높여
쟁기질하는 황소 모양
두 콧구멍 가득
날숨 들숨 내 품으며
겨울놀이도 즐겨봤지만
오랫동안 눌러앉은 북풍 한파가
밤새도록 강풍을 휘몰아치고

다음 날 아침까지
연장전을 벌일 때 싫증이 난다
지금도 찬바람은 제집 드나들 듯
철 대문을 꽹과리 두드리듯 땅땅거리는데
박자도 안 맞는 소리 시끄럽기만 하고
눈치 없이 그렇게 노니 밉다
이 체면 없는 한파야 내일모레 입춘이다
남의 원망 그만 듣고
내 친구 기러기, 오리, 두루미 데리고
시베리아로 올라가거라 뭐니 뭐니 해도
자기 살던 곳이 제일 편안하다

2023. 1. 25.

만남 그리고 이별

비몽사몽 간에 밤을 보내고
준비 안 된 아침을 맞는다
그래도 실낱만큼 가늘고 작은 미련 때문에
기다리는 소식이 있다
기대감 설렘으로 기다리다가
열 시가 다 되어가니 슬슬 화가 나려고 하네
전화기 연신 들여다보지만, 소식은 함흥차사네
기다림에 그 시간도 지나가니 이젠 오기가 생긴다
오기로 나 자신을 위로하며 버티어본다
오기가 감정으로 변하다 보니
옛날 잘못했던 일 들추어 조사를 한다
좋은 감정보다 미운 생각이 슬슬 기어오르고
화가 마음에 불을 지른다
머릿속에는 슈퍼컴퓨터 능가하는 계산법으로
손익을 산출해 본다
절대 적자가 아니다 싶으면
빈대 잡으러 초가삼간 불을 질러
먼저 전화해 이판사판 막가파로 절교를 선언한다
이로써 이번 연애사 이야기도
실패로 끝나고 소주 한 병 옆구리에 차고
마른안주 하나 사 들고

등산 가 정상에서 술 한잔하며
나 혼자 또 해보는 소리
혼자가 홀가분해서 좋다
고민 없어 이래서 좋다고 나를 위로하며
든든한 방어벽을 구축해 본다

2023. 1. 25.

겨울바람

하룻밤 낮을 휘몰아치던
북풍한설이었다
일기예보에 며칠 전부터
올 들어 제일 강력한 한파라고
대비할 것을 경보해 왔다
밤중에 부는 바람은 거센 마누라
작은댁 신접 살림살이 부수듯
이판사판 우당탕 해치우는 소리가
간이 콩당콩당하고 방문 열고 나아갈
엄두도 안 나더라
집 앞 언덕배기 바람막이로 선
키 큰 대나무숲은 군대 훈련병
얼차려 받듯 누었다 일어섰다를
하루 종일 해 허리 안 부러졌나 모르겠네
그 숲에 사는 멧비둘기 참새 집은 다 날아가고
이재민 수용소에 대피하고 있는지
한 마리도 들고 나는 새 없고
명절 뒤끝이라도 거리에는 청소한 듯이
오고 가는 사람 차들조차 드물다
춥다 극지방 체험장같이
조금만 집 밖에 있어도

손발이 동상 신호를 보낸다
이럴 때 따뜻한 방 안에서 맛있는 것 먹으며
영화 한 편 보는 것이 최고의 휴식이겠지
별로 생각 없이 돌아다니다
방송 타는 스타 되지 말고

2023. 1. 25.

사랑의 배신

만남이 느슨해지고
마음에 간절한 바람이
어느 정도 해갈되면
사랑은 늘 옆에 있는 일상처럼
밋밋해 가면 사랑에 유통기간도 지나고
정 하나로 하루하루를 쌓아가야 하는데
믿음은 종이처럼 얇아져 가고
기회가 있을 때마다
딴 곳으로 너는 눈 돌리고
도둑 한 명 열 장정이 못 지킨다고
매일 너만 지키고 사나
현실의 바쁜 삶이 우선되다 보니
현실 방어에 바빠서

사랑을 믿고 있었는데
금 간 바위틈 사이로
물 스며들어 얼었다 녹았다 반복해
오랜 시간 끝에 바위가 깨지듯이
만남이 뜸한 사이
짧은 기간에 새로운 인연 줄들이 접속하고
바람둥이 너는 그 달콤한 유혹에
사랑의 약속은 온데간데없고
빛바랜 깃발처럼 퇴색되어 무색하게 하고
그대는 옆길로 한발씩 비껴가며
내 마음에 상처를 긁어댄다
언제쯤이면 눈먼 그대 선택이
잘못되었음을 뉘우칠까?
잘못 모르는 너 행동이 사랑을 슬프게 한다

2023. 1. 26.

배신에 복수

참 생각도 많았다
처음에는 화가 나 참을 수가 없었다
하루, 이틀 긴 생각 끝에
그 깊은 생각이 열흘 동안 깊어지고 나니 눈이 뜨이더라
벌어진 일에 대해 감정적 처리는
내게 하나도 도움이 안 된다는
사실을 알게 되었고 이제야 평상심을 찾게 되었다
주역에 궁즉변 변즉통 통즉구라고
어떤 일이 극에 달하면 반대로 변하는 것이 세상 이치
세상사 언제나 끝까지 가 보면 반전에 기회는 있다
인간지사 세옹지마라고
화가 복이 되는 사실도 있으니 평상심대로 살자
일 저지른 상대는 아무 충격 없이 사는데
내가 충격에 흔들리면 결국, 상대를 돕는 일
내가 충격 안 받으면 충격 준 상대가 충격 받는 것
내가 더 멋지고 자신만만하게
날개를 단 듯이 여유 있게 살면
아마도 배가 아플 걸
어떻냐?
이 멋진 복수 방법이

2023. 1. 26.

병원 대기실

병원 대기실 모두 다 간호사
입만 쳐다보고 있다
이름이 불리면 각자의 방으로 들어가
의사의 상담을 받는다
관상을 모르는 내가 봐도 심각한 얼굴인지
관리받으러 온 병인 줄 알겠다
자식들이 모시고 온 환자는
살 만큼 살아서 그런대로 이해 가는데
기운 없이 혼자 온 사람
창백한 얼굴의 젊은 사람은 마음을 아프게 한다
진료 대기실 불빛은 마음에 단련이 많이 되어서
그런지 모르겠지만
오고 가는 환자들 모습에 아무런 흔들림도 없다
친절한 간호사 아가씨 몇 번을 설명해도
말귀 못 알아먹는 할매
그래도 젊었을 때 시장 깍쟁이 소리 듣고 살았겠는데
역시 나이 앞에 장사 없네
뒤 물결이 앞 물결을 밀어내듯
내일이면 또 다른 사람이
똑같은 이유로 찾아들겠지

2023. 1. 26.

정기 검진

아침을 굶고 병원으로 와서
여기저기 들려
이 검사 저 검사를 하고
담당 의사 방 앞에서 순번을 기다린다
몇 년을 정기 검진받으러 다니다 보니
이것도 경력이라고 의자에 앉아
제법 느긋이 기다릴 줄 아는
내공이 생겼다
의사 선생님 말 한마디에 천당과 지옥을 오간다
입에 발린 말이라도
지난번보다 수치가 좋아졌습니다.
이 한마디면 돈 들어가는 것
왔다 갔다 시간 품팔이 하나도 안 아깝다
돈 주고도 못 사는 생명
하나밖에 없기에 제일 우선으로 지킨다
목숨이 없어지면 세상이 없어지는데
누가 소홀할까마는 최선을 다해도
안되면 운명으로 받아들여야겠지만
아직은 사는 것이 이익이다 싶어
삶에 필요한 경비 지출 안 아까워
오늘도 열심히 다니고 있다

행복의 근원은 건강에서 시작되는 일 있길래
게으름 없이 우선순위로 해야겠지
오래 살다 보니 질병도 따라다닌다
몸에 나이 든 것 생각 안 하고
아픈 것만 생각하니 억울한 마음이 든다
욕심에 안 아픈 사람 기준으로 생각하면
아마도 이 억울한 마음
죽을 때까지 들겠지

2023. 1. 26.

구름의 노래

아침 햇살은
시간이란 배를 노 저어
어느덧 서산마루 항구에 닻을 내리고
석양빛에 비치는 붉은 노을빛이
황홀한 아름다움으로
서쪽 하늘부터 물들어 나오고
하루 일 끝났다고
하늘나라에 일당을 계산했는지
월급을 계산했는지
주황색 석양 빛깔이 곱게 물든
크고 작은 뭉텅 구름배는
한겨울이라
흰 눈 한 배씩 싣고
장삿길 나서고
만선가를 콧노래 부르며
동서남북 아무 산이나 넘어가고
통통배같이 작은 구름배도
만선에 깃발 높이 올리고
항구로 간다
불빛이 예쁜 여객선 구름은
달빛 실려 서둘러 떠나고

황혼이 보여주는 불빛에 조화는
꿈처럼 이쁘다
별들의 춤사위도 눈길이 가고
새침한 초승달의 깔끔함도
콧대 높은 처자 모양 운치가 있고
초정월달 황혼은
어린 아들이 그린 그림처럼 이쁘다
찬바람이 부엉이 날개 속으로 파고들어도
마주 손잡고 집으로 걸어가는 연인들
손이 시려 손을 놓아도
입춘 입김이 가마솥 김 나듯
산 넘어 바람 타고 솔솔 향기를 피워
봄이 보이는 듯
향기가 나는 듯
보고픔으로
새봄이 기다려지네

2023. 1. 27.

이상 기후

이상 기온이다
온난화가 동네 강아지 이름인 양
신문방송에 겨울이면 등장하는 단어다
이상 기후는 맞다
올해는 유독 한파가 문전성시를 이룬다
하루가 멀다 하고 내려오는 한파 탓에
북극에 여행 온 듯이 추위를 경험한다
대한 지난 강추위 한파가
날짜 가는 줄 모르고
오늘도 세상을 뒤집고
혹시 길 걸어가는 사람들
추위에 건강 털릴까 봐
저마다 찬바람 못 숨어들게
이중삼중으로 에워싸고
신분이 누구인지도 모르게
마스크에 모자까지 쓰고 다녀
매일 보는 나도 이웃이 누구인지 모르겠네
그래도 산사람 살아야 하기에
완전 무장을 하고
꼭 해야 할 일 하려 일터로 나선다

2023. 1. 27.

어느 겨울날

오늘은 장날
명절 끝에 오는 장이라
장사꾼도
물건 사러 나온 사람들도 드물다
북풍한설은 눈꽃 송이 하나둘 휘날리며
땅에 흰 점 하나둘
찍었다, 지웠다를
반복하고
마른 갈대숲은
언제부터인지 모르지만
남쪽으로 고개를 숙이고
바람이 불 때마다
인사를 한다
날씨는 추워도
목구멍이 포도청이라
기러기는 추수 끝난 빈 논에 낟 곡식을
온종일 줍고
잿빛 짙은 하늘은
시간이 가는지
오는지도 모르겠네

2023. 1. 28.

추운 겨울날 이야기

한파라더니 추위는 아픈 어금니처럼
몇 날 며칠이고 울궈먹는다
추워서 못 살겠다고
뒷산 비둘기도 앞마당 참새도
죽었는지 살았는지
요 며칠 동안 코끝도 보이지 않고
앞 개울 언 얼음 밑에
피라미는 잘살고 있는지 모르겠네
나도 추워서 난로에 장작 줄 세우기 바쁘고
한창 기세 오른 모닥불은
장작에 옮겨붙어 잠 안 오는 밤에
할머니가 들려주는 옛날이야기 같은
포근한 열기를 내게 안겨주고
본심이 이쁜 불꽃은

불티를 연기에 실어 하늘로 올리면
불티는 하늘에 크고 작은 별이 된다
세상사 이치에 득도한 새벽 장닭이
오도송을 읊으면 산 넘어 아침 해는
무슨 일인가?
궁금해 얼굴을 내밀면
덩달아 오늘 일이 궁금한 사람들
하나, 둘 일어나
욕심이 주는 배급표를 받아들고
저마다 허기진 배를 채우려 자기 방식대로
오늘도 월척 낚기를 기대하며
아무 생각 없이 일 나서고
세상은 아는지 모르는지
어제처럼 아무 일 없다는 듯이
잘도 돌아간다

2023. 1. 29.

최고의 행복

할배, 아들, 사위, 손자가 모였다
할매, 딸, 며느리, 손녀가 모였다
모인 손자, 손녀들이 반갑다고 그런지
욕심의 표현인지 울었다, 웃었다
싸웠다, 화해했다
세상을 들었다, 놓았다
변화무상한 것이 날씨 할배의 변덕은
한 수 아래다
어느 것이 본마음이고
어느 것이 가짜 마음인지 모르겠지만
그저 할배, 할매 얼굴엔
싱글벙글 웃음뿐이다
모처럼 가족끼리 모여 끼니를 먹을 때는
잔칫집 같고 아무 입에나
맛있는 것 들어가도 웃음뿐이다
손자 손녀가 부리는 재롱잔치는
야유회 온 것같이 화기애애하다
할배, 할매, 아들, 며느리, 딸, 사위, 손자, 손녀가
의견 충돌 없이 일사분란하게
한 몸으로 움직이니 참 행복하다
이것이 인생이 추구하는

최고의 행복이다 싶다 더 이상은 없다
씨앗의 목적은 아무 탈 없이
잘 자라 씨앗을 맺어
후대로 전하는 것이
가장 큰 의무이고 목표다
목적을 이루었을 때 느끼는
감정이 바로 이 행복이다
이런 영화 보고자
아들딸 낳아 힘들게 눈물 콧물로 키우고
그 후손들이 웃고 즐기는
모습을 보면 행복해서 눈물이 난다
할배, 할매는 아들, 며느리, 딸, 사위와
저녁 늦은 밤에 두 번 취한다
지나온 이야기 향수에 취하고
함께 웃는 웃음 꽃술에 취하고
이 만족감이 불러오는 꿈속 길이
행복에 희망가를 부르며
한 마리 나비 되어 천천히 날갯짓하며
아롱대롱 행복의 나라로 간다

2023. 1. 30.

첫사랑에 미련

인생의 주제는 사랑이다
누구 말에는 첫사랑이
잘 되어서 만나면 배 아프고
못 되어서 만나면 가슴 아프고
사랑하다 헤어지면
이래나 저래나 마음에 멍울이 되어
해결하지 못하는 숙제 같은 것
첫사랑은 마음에 홍역이다
미운 사랑 이쁜 사랑도 마음에 큰 흉터를 남긴다
달뜬 밤에 홀로 선 버드나무처럼
인생을 살아가는데 그림자 벗이 되어
외로울 때나 늙어 갈 때
눈 감으면 아쉬움으로 다가서는 사랑 때문에
그리움에 눈물로 베개 속 다 젖어든다
어둠이 깃들 때 엄마 기다리는
아이들처럼 늘 마음속에 기다려지고
인생에 다시 한번 할 수 있다면
철없이 깨진 그 사랑 조각 찾아
평생 마음에 남아 그리움에 시린 그 마음 없게
다시 한 번 해보고 싶어라

2023. 1. 30.

매화에 실린 봄기운

양지 뜸 밭떼기 밭두렁 따라 늘어선 과일나무
과일나무 중에 매화나무 한 그루가
북풍한설이 지키는 동토의 땅에
시간이 동짓달 밤같이 길어지니
군기 빠진 보초병 경계는 느슨해지고
어느 틈인지 몰라도 봄기운이 찬바람 속에 묻어 들어와
매화 가지에 아는 듯 모르는 듯
소리소문없이 살짝 발만 걸쳐 놓는다
봄기운이 꽃눈 앞을 들락날락거리니
매화 꽃눈은 비로소 가는 실눈을 뜬다
봄 내음이 기운을 응원하니
매화는 용기를 얻어 세월도 모르게 꽃봉오리를
만들어 올리면 반란을 눈치챈 동장군은
하얀 눈으로 수북이 덮어 진압해 보지만
땅속뿌리 끝에서 밀고 올라오는 함성에 열기로
매화꽃은 옥수수 팝콘 튀듯
이 가지 저 가지에서 꽃망울이 불쑥불쑥 피어오르면
그 기세에 놀란 추위는 기러기 등을 올라타기 바쁘고
추위는 눈 녹다 만 땅처럼 그 잔당들이
여기저기 웅크리고 앉아 타고 갈 바람 잡기 바쁘네

2023. 1. 31.

꿈속에서 본 님

어둠은 커다란 엿 단지다
시간이 갈수록 진하게 다려져
색깔은 짙어지고 어둠이 진해질수록
잠 길은 깊어지고 꿈나라의 천국은
실개천 흐르듯 아름답고 이쁜 단물이 흐른다
오늘 밤 꿈속 길에서 얼마나 반가운 님을 만났는지
나도 모르게 깜짝 놀라 자다가 벌떡 일어나 보니
방금 본 님 사방천지 그 어디에도 없고
더 보지 못한 서운한 감에
멍하니 앉았다
금방 떠난 내 님 그림자 못 찾을까 봐
또다시 잠을 청해 보지만
밤새도록 뒤척이며 동서남북
내 님 찾아보지만
보고픔은 풍선처럼 자꾸자꾸 부풀어 올라
마음 가득 메우고
잠을 자야 님을 볼 건데
오라는 잠은 안 오고
다른 세상 처음 구경 온
토끼 모양 두 눈만 말똥말똥 거리네

2023. 2. 2

봄에 바라는 마음

천운이 들어와
땅 기운에 생기를 도우니
천지조화가 합일하여
생명을 만들어 그 뜻을 이루고
허공에 떠돌던 꿈을
오랫동안 간직하고 염원하여
청춘에 꽃 희망을 이루고 오랜 세월을 삭히며
때를 기다리던 생물은 바람 소리 빗소리에 삶을 배우고
밤이 속삭이는 이슬 방울의 풀잎 사랑도 배우고
시간이 가르쳐 주는 세월에 인생 이야기도 듣는다
육십 대 중년 길을 걷고 있는 지금
내 위치는 세월이 말하는 어느 위치에 와 있는가?
오늘까지 이야기가 끝인지
내일 이야기가 끝인지
언제 끝날지 모를 인생 이야기인지 모르지만
한 번씩 쉼표도 찍고 느낌표도 쓰가며
부끄럽지 않는 마침표도 쓸 수 있게
뒤를 돌아보며 살아야겠지
꽃이 피는 봄이 오면 하늘과 땅기운 잘 섞어서
보람된 한 해를 보내고 싶어라

2023. 2. 3

호접난

추워서 엄두도 못 내고 머릿속에 봄꽃
그리움만 두고 있었는데
오늘은 장날이라 호접난을 하나 사서
책상 위에 올려놓는다
정월 대 보름달은
내 창문 도화지에 산 그림자 그리고
방안 밝은 불은 호접난을 그리네
엄마 치마폭같이 넓은 두 잎에
장대 모양 가는 대를 세워
뿌리에 기운이 타고 올라가
한 뜸 한 바늘씩 솜씨 좋은 아낙네
자수 놓듯 나비 같은 꽃
한 마리 두 마리 새겨가며
간단하면서도 위엄 있는 호접난 자태는
공부 많이 한 선비를 만나듯 하고
도도한 그 모습은 함부로 범할 수 없는
존귀함이 서려 있네
세상을 알 만큼 산 중늙은이 나도
너를 닮아 품격 높고 인격 높은
그런 사람이 되고 싶어라

2023. 2. 3.

정월 대보름달

따뜻한 햇살이 추위를 녹이고
너른 광장에 청솔가지 쌓아놓고
산 밑 대나무밭에서 제일 큰 대나무 하나 베어다가
깃발을 꼽아 놓는다
막걸리 한 사발 물 흐르듯 한 바퀴 돌고 나면
사물놀이 패 꽹가리 장구 북소리가 흥을 돋우면
신명난 소리에 어둠도 놀러오고 세상사 궁금한
산 넘어 동네에 살포시 정월 보름달이 얼굴을 내 밀면
사람들은 부귀영화 모두 다 달집 위에 올려놓고
욕심 많은 인간인지라 제일 잘 보이는 자리
대나무 깃발에는 소원 하나 더 추가해 매달아
달집에 불을 붙이면 불꽃은 막걸리 한 잔에
신이 나 동서남북을 왔다 갔다
덩실덩실 어깨춤을 추며 타오르고
인간의 질긴 소망 실은 낚싯줄은
한 올 두 올 꼬아 튼튼한 연기줄이 되어
산 넘어 대보름달을 낚아 올리면
달빛은 그릇에 물 채우듯 하늘과 땅을
달빛으로 가득 채우고 사람들과 어울려 저녁 한때를
신명 나게 흥을 도우며 가는 세월도 붙잡아 준다

2023. 2. 5

가벼운 사랑

정월 대보름 달집 놀이도 다 끝나고
모두 다 농주 한 잔에
잠이 든 오늘과 내일의 경계선에서
한숨 자고 나니
누가 부른 듯이 놀라 잠 길에서 일어난다
달빛은 내 창문에
심심한데 같이 놀자고 속삭이고
옥상에 올라서니
하늘에 움직임도 없고 땅에 움직임도 없다
누구에게 소문날까 봐 말 못 하고
달님에게 내 고민 고백해 본다
잠 안 오고 답답한 마음 어찌해야 하오
달은 말한다 욕심을 비우라고
마음은 물과 수평을 이루고 떠 있는 배
그 위에 욕심이 실리면
오욕 칠정이 무게를 더하는데
어찌 출렁이지 않겠느냐
무소유 무욕일 때는 어떤 바람이 몰아쳐도
인연이 없으니 붙잡힐 것 없다 말하네
난 달에다가 내 하고 싶은 말 글씨로 새긴다
너 이름도 떠오른다

새길까? 말까? 망설여진다
지난날 같으면 맨 앞자리에 있을 텐데
잊어져가는 내 모습만큼
생각도 희미해져가는 사실이 서글프다
바람결보다 가벼운 인연이기에 그런가 보다

2023. 2. 6

입춘

마음이 기다리는 봄은 벌써 와 기다리는데
문밖에 봄은 가마솥 고구마 익어가 듯
봄 내음은 나는데 어디쯤 머물고 있는지
애타게 기다려지네
겨울철새는 단봇짐을 싸서
이사를 갔는지 어찌했는지
하늘에 기러기 소리도 뜸해지고
까치발을 하고 찬바람을
기다리고 서 있던 서리 발도
추위가 인기가 식어 발 낮추고
겨우내 얼어붙었던 마늘밭에도
더 문 더 문 초록 빛깔 점 하나 둘
연지 곤지 찍듯 찍히고 추위가 녹은 벼 그루터기에는
물기가 맺히고 물기는 땅 굴속으로 흘러들어
아직도 비몽사몽을 헤매는 개구리 등을 두 드린다
따뜻한 입춘 오후 햇살이 게으름을 피우는
냇가에 왜가리를 툭 치면
깜짝 놀라 긴 목줄을 재빠르게 당겨본다
 새봄이면 뭔가 좋은 일이 생길 것 같은
기다림에 기쁨이 미소로 답한다

2023. 2. 6

인생에 묘약

수많은 생각에 꽃은 피었다 지고
수많은 글 쓰다가 지웠다를 반복해
생각을 정리해 마음에 느낌을 이야기한 소리
사랑해
이 말 한마디가 너의 가슴에 촉촉이 젖어들 때
내게서 너에게로 온기가 전해진다
혼신을 다 모아 하는 말이길래
너와 나의 마음 사이에 오솔길이 생기고
오고 가는 소통에 대화
발걸음마다 조금씩 바람결에 봄이 묻어오듯이
사랑에 숨결이 오고 가고
어느덧 한구석에서
나도 몰래 자라기 시작한 사랑 때문에
계절에 변화를 느끼고
동이 트는 아침 햇살처럼 어느 순간 마술처럼
가슴 꽉 찬 설렘으로 이쁜 마음이 채워지고
가슴은 풍선처럼 부풀어 오른다
입술은 웃음에 나팔을 큰소리로 부른다
사랑은 세상 모든 것 다 채워주는
인생에 묘약이다

2023. 2. 7

인생길

인생길 멀고 험하다고 하나
환갑 길 지나고 보니
오후 햇살만큼 짧더라
지나온 일 생각하면
굽이굽이 마디마디
한 맺힌 사연도 많고
다시 한번 더 해 보면
잘 할 것 같은 아쉬움에 미련도 많다만
술 한 잔으로 넘어온 하루 고개도 있고
눈물로 지새운 밤도 있다
노랫가락 한자락으로
한을 풀던 시절도
청춘이란 이름으로
가장이란 책임으로
소임을 다 했던 시절
삶의 마지막 길이 보일 듯 말 듯 한
지금 난 무엇을 해야 할까?
이 나이에도 살아갈 연구만 해야 할까?
아니면 인생 뒷길에서 오는 저승길
더듬어 봐야 할까?
힘든 인생 이였지만

이 길도 끝자락에 도달하니
내가 왜 삶의 욕심에 집착했던가?
조금 더 너그럽게 살면
안되었을까? 싶지만
그 시절 그 환경에서는 다시 돌아가도
지금처럼 살 수밖에 없다
삶과 죽음이 선택일 때
난 삶의 편에 설 수밖에 없으니까
욕심에 불꽃이 아직도 덜 타다 남았나 보다
지금은 삶보다 죽음에 축이 가깝기에
아직도 삶에 욕심이 남는 걸 보니
못해 본 일 미련이 발목을 잡나 보다
백 년을 살아도 숨을 쉬고 있는 이상
이 욕심 안 없어진다
갈 길 바쁜 석양빛에
눈물에 젖은 나그네
이 일을 우짜노

2023. 2. 7

시간은 해결사

기대하던 일이 결과물이 나오기 전까지는
가슴에 따뜻한 바람이 들어가
즐겁고 행복한 마음이 꽉 차 있었는데
결과물을 확인하는 순간
가시 찔린 고무풍선처럼
쪼그라든 자신감이
가던 걸음을 멈칫멈칫 거리게 하고
앞으로 갈까? 한 발 물러설까? 포기할까?
전구 등불 깜박이듯
생각은 수없이 왔다 갔다를 반복한다
이렇게 힘 빠지고 맥없는 날
내 마음 헤아리고
다정히 위로해 줄 사람 어디 없을까?
갑자기 목표물이 희미해지니
어디로 가야 할지 무얼 해야 할지
혼돈스러운 이때
햇살같이 반짝이는 빛은 없는지
그저 멍하네
사흘 나흘 굶은 사람처럼
기운도 의욕도 없지만
이래나 저래나 내가 극복해야 할 문제

자신이 없을 때 아무 일도 안 하고
억지로라도 버티다 보면
시간이 해결해 주겠지
세상사 해결사 시간을
난 믿으니까

2023. 2. 8

혼자보다 둘이 낫다

잊었다 했는데
우연히 그대를 만나
그대 웃는 모습 바라보니
미움 대신 반가움에
나도 몰래 따라 웃는다
웃는 그 순간 잊혀간 사랑은
마술처럼 되살아나고
심장은 북을 마구 친다
미련에 불씨를 피워 보고픈지
카페에서 차 한 잔을 핑계로 안부를 묻고
다음을 이어주는 관심사를 이야기하며
상대방의 자존심도 살짝 세워주는
대화를 만들어 가면서
하늘 아래서 가장 빠른 일개미가 되어
멋진 단어도 주어 모으고
흩어진 사랑하는 마음을
그물로 물고기 잡듯 가두어
그녀 마음 사로잡으면
사랑을 기다리던 반가운 님
재회를 하겠지
멋진 모습을 준비할

시간을 벌기 위해 바쁘다는 핑계로
다음 만남을 약속해 본다
헤어져 돌아오는 길 수많은 생각 중에
쌀에 돌 고르듯 고르고 골라
손에 쥔 한마디
아직도 난 널 못 잊나 봐
홀로된 외로움의 서러움이 가르친 한마디
세상살이 티극 태극 해도
혼자보다는 둘이 좋다는 이야기가
성경에 말씀처럼
가슴으로부터 들려온다

2023. 2. 8

하루에 의미

모난 자갈도 거친 돌도
세월이 갈고닦으면
조약돌 구슬로 변하고
거친 언변 행동도
수행을 거치면
시가 되고 글이 되고
그게 모이면 인품이 되니
우리의 삶 하루하루가
아무런 의미가 없다 해도
세월이 가르쳐 주는 교훈 많고
반복된 실수와 실패가 헛일인 듯싶어도
인생을 성숙 시키는 밑거름이다
하루하루 의미 없이 흘러가는
세월이라 해도
알게 모르게 한 층 두 층 지혜로 쌓이니
경험이 인생을 완성하는데
큰 동아줄이 되고
지나고 보면
무심한 시간도
인생에 의미를 가진다

2023. 2. 9

미세먼지

하늘에 구름이
태양이 지른 불에
타는지 산 넘어 황사가
산불 난 연기처럼
짙어져 안개가 낀 듯
세상은 비몽사몽 간 흐릿하고
인간의 편리성과
맞바꾸어 먹은 미세먼지는
봄날에 낭만에서
봄날의 불편한 하루로 기억되고
코로나로 시작된 마스크
미세먼지로 이어지고
마스크는 잘 난사람도 못난 사람도
평등을 이루고
공짜 없는 세상 야박하게
값을 요구한다

2023. 2. 9

눈 온 날 아침

간밤에 소리도 없었다
꿈속 길 젖어 들 듯
조용히 변해 버린 눈 온 날 아침
타작마당에 나락 널어 놓은 듯
지붕 위에도 길 위에도
인심 좋게 수북수북 풍년이다
밤새 구름에 장난 못 말린 아침 해는 미안한 듯이
씽긋 웃으면서 나타나고
참기름 방앗간 기름 짜듯
열심히 눈을 짜 타고 내리는
처마끝 낙수 물소리가 낭만가를 부르고
땅은 장단을 잘 맞추니
이런 천상 궁합 좋은 부창부수
세상 어디에 또 있을까?
길거리 풍경이 좋은 오거리 카페에서
커피향이 주는 안락감에 거리를 감상하면
뽀드득 소리 나는 눈길을
가방 메고 학교 가는 아이들 발걸음에
가방은 말방울 울리듯 신이 나 딸랑거리며
거리에 신명을 돋운다

2023. 2. 10

하루 소망

아침을 같이 먹고
각자 출근길을
시간 맞추어 나서고
혼자인 듯싶어도
해 지는 저녁이면
집으로 돌아오고
다른 직장 갔던 아내도 퇴근한다
화려한 봄날 새싹 잔치에
더불어 즐기려고
논밭을 갈고 다듬어
씨앗을 뿌린다
내가 뿌린 씨앗도 어른이 되어
세상 한 부분
한 철에 주인공이 되어
멋진 계절에 일기를 쓰겠지
내 욕심 떠나서 세상을 바라보니
참 아름답고
뭔가 세상일에 보탬이 되는
그런 일을 해 보고 싶다

2023. 2. 10

봄 시작

세월은 말하지 않아도
시간은 일수를 세고
날이 가고 달이 차면
계절도 바뀐다
봄이 오면 햇살의 숨결은 가파지고
햇살의 재촉에 본능적으로
들로 오고 가는
농부의 발걸음이 잦아지면
마늘 양파 잎새가
초록 기운이 더해져
봄을 품으면
마늘 양파 밭에서 깨어난
봄은 들판을 물들이고
내를 건너 산으로 올라간다
어젯밤에 내린 봄비
술 한 잔에
초목은 신호를 받고
봄을 향해 직진한다

2023. 2. 11

너는 나의 힘

만남은 기쁨을 주고
헤어짐은 슬픔을 준다
봄꽃은 계절을 품어 올리고
초록에 잎새는
처진 마음 끌어올린다
벌, 나비가 꽃을 찾아
먼 길까지 날아가 듯
내 마음도 나비 되어
네 가슴이 꽃송이 인냥 날아가
밤이고 낮이고   영혼이라도 붙어
둘이 하나가 되고 싶어라
마음이 불안하고 외로워질 때
너의 따뜻한 가슴이 필요하고
용기 없고 좌절할 때
너의 따뜻한 위로 한 마디가
나를 다시 일으켜 세운다
내가 사랑하는 그대야
내 안에 나는 아니라 해도
내 밖에 내가 사랑이란
문패로 네 가슴에 살고 있네

2023. 2. 13

삶의 경쟁

하루 종일 구름과 태양이 술래잡기를 하더니
밤에 구름이 흘린 땀방울이 비가 되어 내린다
봄을 초대하는 봄비라서 그런지
강약에 리듬이 음악처럼 온 누리에 울려 퍼지고
땅을 촉촉이 적신 봄비는 삼라만상 모든 미물까지
빠짐없이 생의 출발을 알린다
봄 씨앗들에 꿈은
하나둘 세상에 모습을 보이고
삶이 살아가는 아름다운 경쟁의 조화가 시작된다
물속의 잉어 피라미 미꾸라지도
자기들에게 정해진 방식대로
개구리 메뚜기도 정해진 삶의 규칙대로
한 삽 한 고랑씩 삶을 채워 가는데
만물에 영장이란 우리도 빠질 수 있나?
현재 할 수 있는 일 해야 하는 일
내 힘에 맞게 꾸준히 하다 보면
비록 남들보다 빨리 가지 못해도
하루 늦게는 목적지에 도달할 수 있다
하루 늦게 도달했다고 억울해할 필요가 없다
하루 더 살면 같지 아니한가?
힘든 인생은 그만큼 세상 깊이를 아는 것

세상 속살이 얼마나 깊으면
수천 번을 윤회한다고 하지 않는가?
두 배, 세 배 남들보다 힘들면
두 번, 세 번 살아야 할 인생을
한 번에 다 배우는
우등생이 아닌가?

2023. 2. 13

봄날 장날에

입춘을 지나고 우수를 앞둔 날씨는
몇 날 며칠째 맑았다 흐렸다 엎치락 뒤치락이다
일기가 불안정한 걸 보니 겨울은 한물가고
봄의 계절이 밀고 올라오는가 보다 보리밭에 줄지어 앉은 기러기
보리 싹 캐먹기 바빠서 옆에서 누가 불러도 모른다
고향 돌아갈 날 다 되어가니 힘 비축한다고 뒤돌아 볼 시간 없고
찬바람 사이사이로 봄바람은 치맛자락 펄럭이듯 살랑거리고
오일장날에 꽃 파는 난전에 이 꽃 화분이 주인을 기다린다
성질 급한 벌 한 마리 이 꽃 저 꽃에 앉았다 날았다 간을 보고
불경기라서 그런지 꽃을 사는 사람도 없는지
꽃장수는 차 안에 앉아 있고 나이 든 할미 한 사람이
꽃장수를 부른다 나도 꽃을 보니 불현 듯이 내님 생각이 나서
보라 빛깔 고운 호접란 하나 사서 돌아서니
약초 장수 보따리 봉지 줄 세워 놓고
약초 이름에 효능까지 붙이니 몸 아픈 노인네들
어찌 유혹에 안 넘어갈까
나이 먹고 보면 여기저기 안 아픈 곳 어디 있으랴
나도 내 님 몸에 좋을 것 같은 약초 이것저것 한 보따리 사 들고
의기양양해 집으로 돌아와 저녁을 먹고 마누라 앞에 펼쳐놓고
약초 효능 설명에 기가 살아 신명이 나는구나

2023. 2. 14

봄날의 회상

한때는 화려한 꽃잎에 날들이었고
물레방아보다 더 힘찬 청춘이었다
목구멍이 포도청이라고 먹고산다고 기운 다 빼앗기고
노후 외롭지 않으려고 자식새끼 키우느라 힘 다 쓰고 보니
몸 짱 근육 짱은 어디 가고 일상의 하루가 버겁다
할 일 없는 봄날에 가물 가물거리는 아지랑이
길 따라가 보면 추억 속에 옛길이 나오고
흩어진 추억 조각들이 비눗방울 날아들 듯
그 시절 속에 내가 있네
그 시절에는 힘들었지만 지금은 이쁜 마음만 가득하고
미운 기억 안 좋았던 기억은 작아지고
그림처럼 이쁜 동화 속의 이야기만 더 또렷이 밝아 오네
지금 친구 모습보다 꼬마 녀석일 때가 좋고
가물거리는 기억은 타고난 잿속에
사리 찾듯 더 문 더 문 생각나고
먼 기억 속에 추억이 미소를 머금게 한다
아이구야 세월 참 잘 간다
기억 속에 어린아이가 이제는 할배가 되어
지난날 추억 속을 서성이고 내일에 나는 세상 어느 곳에서
무엇을 하고 있을지 궁금하네

2023. 2. 15.

통증에 끝

보고픔 그리움보다 더 진한 통증은
살아 있음을 확인시켜 주고
먹고 싶은 식욕
하고 싶은 의욕보다
더 강렬한 아픔이 전진하는
인생길을 가로막는다
무작정 앞만 보고 생만 보고
달려왔는데 갑자기 달려온 죽음에
사냥꾼이 던진 올가미에 걸려
탈출하려는 처절한 몸부림에
신음하는 소리가
땅을 메꾸고 하늘도 꽉 채운다
한평생 가지고자 했던
생의 마지막 욕심마저
착 가라앉혀준다
무엇이 옳고 그른 것인지 모르지만
구들장 밑을 한 바퀴 돌아
나오는 연기처럼
온몸을 한 바퀴 다 돌다 나온 신음이
내뱉는 통증에 통곡 소리가
바위틈에 물 번져 나오듯

끝없이 흘러나와
어두운 밤을 반죽하면
모든 것을 포기한 도마 위의
물고기가 되어 아무런 미련 없이
운명에 처분을 기다린다

2023. 2. 17.

봄 밤비

나의 바람은
하늘에 구름이 되어
너를 향하고
빗방울로 너와 내가 징검다리 되어
만났으면 좋겠다
시곗바늘은 우수를 가리키고
밤은 어둠 속에
죽었는지 살았는지
숨소리마저 들리지 않고
날씨는 정을 두고 떠나가는
기러기 눈물 모양
가로등 거울 앞에
안개비만 내리고
헤어짐에 이별의 서러운 정이
얼마나 애절했으면
매화나무 가지마다 맺힌
꽃봉오리마다
퉁퉁 부어올랐구나
올해의 생과 사는 알았다만
내년에 세월은 기약할 수 없어
생의 깊은 정이 뼛속까지 사무쳐

이별에 노랫소리가
가슴속까지 메아리쳤나 보다
그리움이여 사무침이여
그 느낌이 얼마나 큰 느낌이길래
봄 밤비는 문풍지마저 소리 없는
침묵 속으로 잠재우나
이 봄비가 가고 나면
이별에 조금 더 익숙한
풀잎에 꽃들은
만남과 헤어짐에 약속들을
올해도 반복하겠지
인생에 대합실에 선 우리는
어느 정든 사람을 보내며
어떤 낯선 사람을 만나
정을 쌓아갈지 모르겠구나

2023. 2. 19.

사랑의 확신

밤은 어둠을 친구하고 태양은 시간을 물고 들어온다
만남과 헤어짐의 반복은 인연의 매듭을 풀고 맺음이었네
햇살 좋은 봄날 오후 공원 벤치에 앉아
노년에 시간을 추억의 회상에 잠겨 졸고 있네
봄 햇살이 끓어오르는 땅의 춘심 아지랑이 사랑이
피어나는 불꽃 사이로 두 노인이 손을 맞잡고
하나가 되어 걸어가고 있다
세월에 단련된 노련한 사랑꾼들 발자국 따라
내 젊은 시절 청춘 꽃 이야기도 따라 나온다
노인의 삶이 낚아 올린 인생에 최대 월척
한때 삶에 전부였던 첫사랑 이야기는
내 마음에 영웅담이 되어 해마다 그 시절
이맘때쯤 계절에 홍역 감기처럼 몸살을 한다
그리움은 세월이 쌓아 올린 나이만큼 커져가고
사랑의 아픈 헤어짐은 저기 큰 참나무의 커다란 옹이처럼
언제나 가슴 한곳에서 웅크리고 앉아 있지만
세월이 안고 보듬어 준 사랑으로 이제는 이쁘게 말할 수도 있네
젊은 청춘아, 두려워 말라
사랑에 확신이 서면 그 사랑
세상 끝까지 함께할 수 있다고

2023. 2. 23.

돈 쓰는 재미

봄비에 묻어온 풀씨 하나
이리저리 왔다 갔다 하는 햇살의 꼬드김에
마당 한구석에서 자리 잡고
삶이 주는 부대낌에 울고 웃는 봄날 하루를 보낸다
궁금증이 생쥐보다 더한 호기심으로
오일장 순찰을 나선다
우수 지나고 경첩이 오는 봄날의 골목길이라
양지뜸에서 겨울 이겨낸 봄나물이며
목숨줄 길게 저장이 잘되어진
한물간 지난가을 채소들이 마지막 선을 보이고
이쁜 아가씨 모양 상큼발랄한 청춘들에 모임
봄꽃 화분들이 보고 가라고 손짓하고
그 이끌림에 다가가 선을 보면
눈에 안기는 꽃 하나 안 사고는 못 베기겠네
봄날 봄나물 봄 시곗바늘을 돌려줄 봄 씨앗들
이것저것 물건 사고
돈 쓰는 재미가 솔솔 하구나
한 보따리 양손 무겁게 들고
집으로 돌아오는 봄날 오후의
행복한 하루로구나

2023. 2. 23.

인생 후회

지나고 보면 후회를 한다
왜 그때 그 일을 하지 않았던가?
다쳐서 아파보면 안다
왜 그때 한 번쯤 지금 하고 있는 일이
위험이 없는지를
늦은 밤에 홀로 앉아 밥을 먹어 보면
혼자된 외로움의 쓸쓸함을 안다
너와 내가 사소한 의견 차이로
내가 그 순간 참지 못하고
이렇게 후회의 반성에 시간을 보내고 있다
하루 앞만 알 수 있어도
인생이 어리석음에 빠져
후회하는 날은 없을 텐데
연습 없는 인생이라
삶의 미련이 많아 후회하는 일이
날이 새면 또 그림자처럼 따라붙어
매일 후회와 반성을 하는데
그래도 실수와 반복되는 후회의 인생
인생살이 특별한 방법 있나?
실수하면서 배워가는 것이지

2023. 2. 23.

영원한 사랑

하늘에는 별이 있어 아름답다
땅에는 죽어도 없어지지 않을
사랑이 있어 이쁘다
꽃은 해마다 때가 되면
피었다 지고를 반복하지만
이 사랑에 불꽃은
피기는 하여도 지지는 않네
지루한 햇살에 바위가 빛바래면
하늘에 비는 이끼를 살려 가려준다
무엇이 변하고
무엇이 변하지 않는가?
저녁 황혼이 노을빛 그림물감을
이쁘게 색칠하는 들녘에서
두 손 꼭 잡고 걸음 절며
집으로 돌아오는
저기 저 두 노인네들이
잡고 가는 손은 끝까지
놓지 않을 듯싶네

2023. 2. 24.

숯의 마술

이른 봄 햇살이 언 땅을 녹이려고
힘껏 입김을 불어 넣고
힘에 부치는지 서산에 올라 나뭇가지 붙들고 서 있네
떠나갈 시간 헤어질 시간이 다 되어
고향 가고픈 그리움에 길 떠나갈 기러기는
하늘로 비상해 날갯짓 연습에 한창이고
들판에 농부는 초여름날
식구들이 모여 앉아 나누어 먹겠다고
감자 심기 바쁜 오후네
날씨가 푸근해지니 사람 인심도 생겨나
저녁에 고기 굽고 술 한잔하잔다
동네 형 동생 숯불 화로 옆에 두고
고소한 고기 내음이 술잔을 부르고
솔솔 피는 숯 연기 타고
이야기 소리는 이웃집 담장을 넘는다
석양 노을빛은 숯을 물들이고
붉은 숯은 낭만 가객 얼굴을 비추고
대화 속 이야기는 마술사가 되어
시공간을 벽시계 추처럼
마음대로 왔다 갔다 하네

2023. 2. 25.

내 인생 바꾸어 보자

해와 달은 음지와 양지를 바꾸어 놓고
흐르는 시간은 강한 자와 약한 자를 바꾸어 놓는다
흘러가는 물이 풍차를 돌리듯
우리네 삶에 인연 줄 언제나 힘들기만 할까?
내 힘 넉넉할 때 슬쩍 남의 줄도 당겨주고 베풀어야
언젠가 내 힘이 부칠 때 누군가 당겨준다
인생 너무 야박하게 살지 마라
남의 등 긁어 줘야 누가 내 등도 긁어 준다
베풀 수 있을 때 베풀어 놓으면
내가 필요할 때 도움이 되어
돌아오는 것이 인생 진리다
씨앗에 일생이 있듯 인간지사 흥망성쇠가 있다
손해 보는 삶 억울해하지 마라
인생은 장기전이고 날도 바뀌고 해도 뜨고 달도 뜬다
작은 배려가 월척을 낚아온다
오늘 하루도 공손한 말 한마디
작은 미소 한 번 칭찬 한 소리
작은 배려 한 번으로
내 인생 바꾸어
보지 않겠는가?

2023. 2. 28.

아이 돌보기

어린이집 쉰다고 손녀가 왔다
맞벌이 부부들 재앙이다
일주일이나 쉬다 보니 각자 휴가 내어 하루씩 보고
나머지는 양가 할매, 할배 찾아 삼만리다
할 일 없는 할매, 할배는 억지로라도
손자, 손녀 얼굴 한 번 볼 수 있어 좋다만
손자, 손녀 맡기로 온 부모 마음은 참 갈 지근하겠다
이런 제도하에서 우째 결혼할 거며
맨정신으로 자녀를 출산하겠는가?
편안한 육아 제도가 없으면
인간 사회 멸종으로 간다
다른 정책도 좋지만
인간사 제일 중요한 일
대를 이어 사회 보전 사업이
제일 우선시 되어야
번성한 사회 행복한 나라가 되지 않겠나?
꽃만 피고 열매 없는 세상
한 치 앞도 못 보는 나라 정책
아쉽고 안타까운
현실이 가슴을 울리네

2023. 2. 28.

손녀와 할배

꽃 중에 무슨 꽃이 가장 이쁠까?
다섯 살짜리 손녀가
웃는 웃음꽃이 제일 이쁘다
한 번씩 하는 말은
용비어천가보다 더 신기하다
어떻게 어린아이 입에서
저런 말이 나올까?
신통방통한 보물이다
요구사항도 야무지고
원하는 것 얻는 방법도
터득해 있고
협상도 한다
오늘은 계 탄 날인가 보다
반나절 동안
할배와 손녀가 단둘이서
재롱을 주고받고 즐기니
젊은 하루가 되겠구나

2023. 2. 28.

삼월의 봄날

올해 달력도 열두 장 중 세 장째를 넘어가고
경칩을 코앞에 둔 지금
하늘에 기러기 소리도 뜸하고
오리 놀던 개울에는 땅버들나무
물오른 풍경 좋은 곳에 버들가지 골라
물새 두 마리 신혼집 기초 공사가 시작되고
올해 자식 농사 잘 짓고
행복한 가정 이루겠다고
해가 저물도록 열심히 작은 날개를 파드닥거린다
날 맑고 따뜻한 날에 청솔 숲에서
간간이 뻐꾸기 소리 들린다
겨우내 몸보신 한 젊은 햇살은 힘이 올라
오늘도 열심히 밭고랑 논고랑을 간다
고랑과 이랑으로 땅이 뒤집어지니
땅속 개구리 놀라서 심장 뛰는 소리 여기까지 들린다
산수유 꽃에는 노랑나비에
혼이 앉아 꽃잎을 노란색으로 물들이고
매화꽃에는 흰나비 혼이 붙어
부활을 꿈꾸고 농부의 봄날 이야기는
푸른 마늘밭에서 밀밭으로 옮겨간다

2023. 3. 2.

좋은 기억의 하루

하늘과 땅 사이에
따뜻한 기운이 꽉 채우니
봄이 오는 삼월이네
불어오는 봄바람 따라
쑥 향기 솔솔 피어오르면
봄나물의 풋내가 미각을 자극하고
아지랑이는 뚝방이 좁다 하고
팔자걸음으로 들길로 봄 소풍 나서고
봄바람이 뒤집어 놓은 처녀 총각 마음은 들떠서
마음잡기 힘들겠다
봄 방학이라고 할배 집에 놀러 왔던
손녀도 자기 집으로 가고 없지만
"할아버지, 뭐해요."
아침 인사 오던 모습이 선하네
인생은 좋았던 부분에 대해서는
아쉬움이 남고
안 좋았던 느낌에 대해서는 빨리 잊고자 한다
봄이 오는 오늘 하루도
인생에 참 좋았던 하루로
기억에 남게 살자

2023. 3. 2.

전주 여행

봄날 아침에 가족 삼대가 모여
전주 여행길을 나선다
얼음 녹인 실개천이 흐르고
봄빛은 내를 건넛산 밑 마을 골목길에서
매화꽃 봉우리에 올라
봄 노래를 부르고
삼대가 떠나는 봄날 여행길은
덕유산 지리산 형제봉은 하늘에 닿아
구름 마음속 다 알아내고
무주 장수를 지나 진안에 들어서니
마이산 두 귀가 우리가 속닥거리는 이야기를
다 듣고 있을 것 같고
잘 뚫린 고속도로를 달려 전주 여행지에 도착한다
오면서 시각에 행복을 즐기고
맛에 고장 전주에 왔으니 미각을 즐길 차례다
시장통에서 가족끼리 오순도순 먹는
순댓국밥에 막걸리 한 사발 들이켜면
마음은 술잔 위에 뜨고
정은 마음속에 남는다
삼대의 웃음소리는 귀걸이 고리 사슬 엮이듯
한마음이 된다

풍물이 다른 시장에서
가지고 싶은 물건 각자가 골라
사는 만족감을 느끼고
먼 훗날 기억에 즐거움을 남기기 위해
흑백사진으로 지금 이 순간부터
사라지고 말 기억들을
사진 속으로 붙들어 맨다
이 사진이 오 년 십 년 후
젊은 청춘에 추억으로 부활하여
한때의 즐거움으로 다가오겠지
한옥마을에 들러 경기 전에서 조선 시대
최고의 사람을 그림으로 만나서
서로에 안부를 묻는다
노인이 되어 세월을 짊어지고 있는
낡은 기둥을 만져보며
내 미래를 짐작한다
이리저리 놀다 보니
하루해는 어둠 속으로 숨고
산 밑 동네 드문드문한 가로등만이
오늘에 여행의 행복을 알고 있겠지

2023. 3. 4.

마이산

언덕배기에서 내려다보는
고속도로는 힘센 우리 사위 팔뚝 핏줄처럼
굵고 튼튼하고
오고 가는 차들은
정맥과 동맥을 흐르는 피처럼
질서정연하게 오고 감이 활발하네
햇살 긴 춘삼월의 햇빛이
마음을 며칠 몇 날을 데우니
아무리 심지 굳는 인간이라도
어찌 춘심의 꼬드김에
들뜨지 않으리요
남쪽 바닷가를 쳐들어와
밀물처럼 쓸고 밀고 올라온
봄기운이 동백꽃 입술을 붉게 바르면
바람난 봄바람은 춘정에 꽃잎을 싣고
여기저기를 들쑤시면
봄날 아름다운 사랑을
밀가루 바람에 날리듯
세상천지에 흩날리고
흩어진 햇살 가루가
초목의 뿌리에 옮겨붙으면

산수유의 노랑꽃 소문이
속닥속닥거리고
진달래의 분홍 빛깔의
큰 사랑 이야기 소문은
온 산을 다 불 질러 버린다
진안 마이산 휴게소에서
할배, 할매, 사위, 딸,
손자, 손녀 육 인이 모여서
눈요기 입요기 즐기며
먹고 마시며 웃는 소리가
얼마나 즐겁게 들렸으면
산 넘어 산속에서
몰래 고개를 숙여
봄풀을 뜯던 말이
무슨 재미나는 이야기하나 하고 궁금해
두 귀만 쫑긋 세우고
우리 가족이 나누는
봄날 여행길 이야기만
조용히 듣고
가만히 서 있구나

2023. 3. 5.

봄날의 회상

남남으로 태어나
인연에 고리 줄로 연을 맺어
살아온 나날들이
이젠 정이 들어 서로의 몸에
서로의 마음이 스며들어
그대가 아프면 내가 아프고
그대가 기분 좋으면
내 마음은 깃털처럼 가볍다
삶을 살기 위해 아무 생각 없이
생만 위해 살아온 젊은 날
청춘에 시간들 뒤돌아볼 시간이 없었다
어느덧 세월은 나를 육십 대 노년으로
몸을 옮겨 놓고
인간 중심 사회에서 인생사 회고 단계로
넘어갈 때쯤 되니
봄 햇살을 즐길 만큼 여유도 있고
그동안 눈에 보이지 않는 부분도 하나씩 보이더라
마음에 상처 입은 일
삶이 너무 힘들었던 일들은
세월이 한참 지난 먼 훗날에도
꿈속에 나타나 간간이

잊고 지냈던 추억을 들추어낸다
이제야 생각해 보니
삶이 뭔지 죽음이 뭔지도 모르고
생사의 기본을 꺼내 들고
내가 살아온 인생길을 봄빛에 펼쳐놓고
하나, 둘 헤아려가며 잘 말려본다

2023. 3. 7.

기다림

가을 달빛이 고요한 밤
바람이 부는 피리 소리에 홀려
단풍잎 따라 마실 길 나섰던
씨앗 하나
그곳이 어디인 줄도 모르고 잠들어 있다가
햇빛이 시간에 빈 공간을 꽉 채우니
씨앗 껍질은 나도 모르게 벗겨지고
여기가 어딘가 싶어 빼꼼히 고개 내밀어 보니
이름도 성도 모르는 담장 밑 어느 촌집 울타리
어디로 올라갈까? 하고
양 사방을 다 둘러봐도
만만한 곳 없고 그래도 햇살이
가리키는 방향이 따뜻해서 좋아
남쪽에 자리 잡고 서 있네
뽑을까? 말까? 몇 날을 고민하다가
처음 보고 귀티 나는 식물인 것 같아
옆에 두고 한번 지켜볼까 하는데
무슨 향기라도 나는지 그 옆에 개미가
건축을 시작하고 마을을 이루었네
살기 좋은 명당이 따로 있나 봐?
만물이 하나둘 제 발로 찾아드는 걸 보니

아마도 올해는 기운 좋은
한 해가 될 것 같은 예감이 든다
새 봄빛 햇살이 아버지 허리띠만큼 길어지고
동물들 털갈이하듯 나의 옷은 가벼워진다
기다림에 설렘이 있어
올 봄날은 행복할 것 같다

2023. 3. 7.

봄꽃이 부르는 생각

흙 돌담이 길 따라 한 바퀴 돌아
대문에서 마주 서고
앉은 제비 날아갈 듯
멋진 몸매 한옥이
봄 햇살에 털갈이를 한 듯
우아하게 서 있다
그 뜨락에 백 년에 세월을 지킨
매화나무 하나 소나무 하나
목련꽃 나무 삼 형제가
오늘도 폼 나게 서 있다
소년 시절 소녀를 좋아했던
그 마음 꼭 빼닮은 매화가
사랑이 눈 뜨듯 꽃봉오리 달면

사십 년 살고 난 부부에 연정만큼
커진 목련 꽃이 진실에 껍질 하나 벗고 나니
내 사랑에 정만큼 큰 꽃잎이
해를 보고 활짝 웃는다
이렇게 올해의 봄날은 세월을 끌어안고
소리소문없이 제 갈 길을
팔자걸음으로 여유롭게 가고 싶은 대로
마음대로 가고
따뜻한 봄 햇살이 두 눈을 감기게 하고
흐르는 세월은 나를 싣고
낯선 정거장에 나를 내려고
가고 싶은 곳으로 가라며
저 혼자 저만큼 앞서간다

2023. 3. 8.

봄날 사랑 이야기

봄빛을 꽉 채운 버들강아지는
뿌리와 나무가 하나가 되어
물기는 기차 여행하듯
오르락내리락거리며 봄기운을 끌어올린다
활짝 핀 매화꽃은
벌들이 모여 웅성거리듯 기운이 넘치고
어린아이 이 올라오듯 난초는 족두리 쓰고
시집오는 새색시 모양 꽃봉오리를 머리에 이고
처음 보는 세상구경에 신이 났네
새싹이 몇 날 며칠을 공들이더니
오늘 아침에 오도송을 읊듯 땅을 박차고 일어나
어른처럼 훌쩍 올라와 있다
우연히 한 잔의 커피 나눔이 인연이 되어
봄날처럼 이쁜 사랑 이야기가 시작되고
첫눈에 이끌려 눈빛이 마주치고
손 맞잡고 따뜻한 온기를 나누니
그대 심장과 내 심장이 전화기 개통하듯
연결되고 그대의 숨결이 그대로 느껴진다
보고 또 보니 기분 좋은 말로 깨알 같은
잔정을 나누고 자주 만나
인연에 패를 맞추어 보자고 약속한다

돌아와 멍하니 앉아 수많은 그대 생각이
껍질을 벗으면 꽃봉오리 피어나듯 이 사랑 피어나고
세상 전부를 가진 듯 기분은 좋아진다
생각은 행복한 봄날 오후로 기억에 남고
무작정 내일이 기다려지는 청춘에 봄날이
나를 싣고 하늘을 나는구나

2023. 3. 9.

목련꽃 필 때

생각만 있을 뿐 실체가 없는
황량한 겨울에 추위와 외로움으로 떨다
봄이 들려주는 꿈 이야기에
희망이 생겨 나도 봄 이야기 담긴 씨앗을
하나둘 빈 벌판에 심어간다
해마다 목련꽃 봉우리가 터지면
헤어진 첫사랑을 만난 듯이 가슴이 뛴다
목련 꽃과 맺어진 사랑은 없는데
해마다 흰 목련꽃 봉오리가 맺힐 때
그 꽃봉오리를 바라보면
설렘에 심장이 쿵쾅거림은
무슨 까닭일까?
철없이 보낸 청춘인데
나이 들어 시작된 청춘의 설렘은
무슨 의미가 있을까?
나이가 더할수록 이 애틋함이 더해가니
나도 심하게 봄 앓이를 하나 보다
햇빛이 남긴 빈 껍질
그림자 같은 걸 부여잡고
오늘도 아쉬워하네

2023. 3. 10.

희망을 가지자

겨우내 땅 밑에서 수많은 연습 끝에

올해는 더도 덜도 말고

내 힘닿는 데까지 한껏 표현하고 싶었다

아무리 최선을 다해도 욕심만큼 큰 것은 없고

욕심을 다 못 채운 현실에 만족 못 하고

있는 기술 없는 기교 다 부려 형형색색 화려한

꽃들이 뽐내고 나서면

늙은 고목에도 생기가 돌아 꽃이 핀다

덩달아 내 마음에도 얼음장 밑에 눈 물 녹아 흐르듯

핏줄이 돌아 의욕이 일어나

빈 밭을 찾아 나무를 심는다

봄꽃이 피어남에 심장이 뛰고

마음이 설렘은 청춘에 꿈이

마음에 남아 있음이겠지

오늘 하루도 돋아나는 새싹처럼

피어나는 꽃잎처럼

싱싱하게 살아보자

이루어지던 못 이루어지던

희망을 가지고 사는 마음은 행복하니까

2023. 3. 10.

봄날 아침

어제 밤비는 젊은 연인들이 데이트하듯
달콤한 안개비가 내렸다
삼월 아침 햇살은 방앗간에서
쌀 찧어 나오듯 우수수
쏟아져 들어오고
때맞추어 남쪽 섬나라
따뜻한 기운이 바람을 타고
바다를 건너와
봄이란 신상품을 태산만큼 풀어 놓으면
만물은 제각각 필요한 물건을 사 들고
제 나름대로 열심히 일을 해
부를 착실히 저축해간다
봄바람 한량의 피리 소리에
한창 물이 오른 청춘의 푸른 수양버들 가지는
머리 감고 나온 아가씨 머리카락 말리듯
실 버들가지를 강아지 꼬리 흔들 듯
휘날리며 세상을 유혹하고
무심한 처녀 총각 가슴에도 불을 지르고
나이 든 할배, 할매 가슴에는
봄바람을 집어넣어 들판으로 불러낸다
할배는 괭이질로 겨우내 다져졌던

땅을 부드럽게 하려고
없던 힘 다 모아
흙을 부드럽게 다듬이 놓으면
할매는 호미 들고
옥수수 한 알 열무 한 알
감자 씨 한 톨 골 지어 심는다

2023. 3. 14.

친구에게 보내는 편지

오늘도 봄 햇살은
꿈과 희망을 싣고
만물을 불러 모은다
하루가 다르게 변해가는 봄날은
어제 다르고 오늘 다르다
산에는 진달래가 피고
집 장독대 옆에는
하얀 목련이 피더라
화물홍은 십일홍이라 했는데
얼렁뚱땅 봄도 저만치 훌쩍 길 나서고
나도 세월 뒷발자국 따라가기도 바쁘네
오늘도 아프지 말고
행복한 마음에
하루가 되세나

2023. 3. 14.

작은 새 두 마리

삼월에 봄 햇살은 밥값 하느라고
꿈과 희망을 싣고 와
잠에서 덜 깬 만물을 불러 모으고
앞서가는 자는 밀어주고
뒤따라오는 자는 손 잡아 준다
옛말에 팔십 대 노인 몸은 하루가 다르고
어린아이 봄날은 어제 다르고 오늘 다르게
기운차고 이쁘게 꾸며간다
개울가 노란 개나리는 풍년가를 부르고
산등성이 분홍 빛깔 진달래는
바람결에 치맛자락을 펄럭이며
좋은 시절에 산으로 놀러 오라 하네
봄 햇살은 가랑비 옷 젖어들 듯
하얀 목련 꽃잎 속으로 젖어들고
새싹이 올 한 해를 살아갈
터전을 잡은 나뭇가지에
작은 새 두 마리 앉아 속닥거린다
무슨 이야기를 할까?
나처럼 먹고살 걱정, 집 장만할 걱정
고민이 많은가 보다

2023. 3. 14.

할미꽃

봄 햇살이 마음을 녹이면
가벼운 마음으로 산보를 간다
양지쪽 풀숲에 아이 잇몸에 이빨 솟아나듯이
땅 위로 고개 내민 할미꽃 봉우리 하나
얼마나 귀했으면 하얀 솜털로 감쌌을까?
그 붉은 꽃잎 속은 수줍은 듯이
작은 말로 속삭이는 듯하고
그 고운 자태는 뭐라고 말로 표현이 부족하다
산뜻하고 이쁘고 싱싱한 젊음 같은 걸로 말할 수 있겠지
사랑하는 마음이 생겨나듯 이쁨이 생기고
활짝 핀 꽃잎을 보면
행복한 마음이 서로 교감이 된다
가지 말라고 한 시간은 아쉬움 속에
하루 이틀씩 멀어져 가고
이쁜 순간 젊음에 모습은
어젯밤 꾼 꿈처럼 어느 순간 사라지고
혼 빠진 꽃은 하루 자고 나니
꽃잎이 시들고 또 하루 자고 나니
꽃잎이 떨어지네
이별의 아픈 가슴이 눈물로 적시고
꽃이 지고 없던 날

몸과 마음이 허전하다
화려했던 날 생각에 먼 하늘을 보며
고래 숨 쉬듯이 꼬리 긴 한숨을
담배 연기 날리듯 허공을 향해 내 품고
떠나버린 너를 그리워하다
그렇게 봄에 피는 꽃을 보낸다

2023. 3. 15.

백수에 소망

따뜻한 봄 햇살은 오늘도 나를 태우고 여행길을 나선다
먼저 세상을 살다 간 사람이 누운
마른 잔디 묏가에 작년 이맘때 피었던
보랏빛 제비꽃도 피고
마른 풀숲에는 제법 살이 오른
쑥이 파릇파릇한 청춘을 자랑하고
두견새 밤이 새도록 님을 찾아 부르던 자리에는
연분홍 진달래가 피어나고
개울가 빨래터에 노오란 개나리꽃이
하늘에 별을 그려 물결 위에 얼굴을 비추며
닮았나? 안 닮았나?
피라미에게 물어보고 닭장 안 닭 닭장 밖에 나갈 궁리하듯
백수인 나도 친구를 만날까?
배낭을 메고 갈매기 보러 바닷가를 갈까?
머릿속 계산은 닭장 안 닭만큼 복잡하네
이 궁리 저 궁리에 아침 해는 중천으로 솟고
오늘도 어제처럼 아무 탈 없는
하루가 되고 행여나 재수 좋아 바라지도 않는
뜻밖에 행운이 있는
하루가 되었으면 좋겠네

2023. 3. 16.

목련꽃 그늘의 추억

얼음 언 물이 모래알 씻어가듯
세월을 씻어가니
밤과 낮의 길이가 균형을 맞추는
춘분 땅을 쓸고 가는 햇살이
땅을 달구면 강가에 버들가지는
심봉사 눈 뜨듯이 광명천지를 이루고
땅은 잘 익은 시루떡 김 오르듯
아지랑이 품어 올린다
무한 경쟁시대 잡초들의 생이
앞서거니 뒤서거니
뜀박질 경쟁을 시작하고
나이 든 목련 꽃이 사방천지에
날개를 활짝 펴고
꽃송이를 만발하면 그 덩치가
집채보다 더 크다
그 모습이 장관이라서 가는 사람 오는 사람
모두 다 감탄사 연발에
그 꽃그늘 아래서 폼 잡고
삼월 봄날 어느 하루 일을
기록물로 남긴다

2023. 3. 19.

떨어진 꽃잎

봄비는 밤에 숨어서 내리고
비 내린 밤에는 사연도 많은지
목련 꽃잎은 담장 위에도 길거리에도
헤어진 연애편지 늘어놓은 듯 흩어져 있고
깨진 사랑은 아무도 관심 없듯이
이루지 못한 꿈은 아쉬움에 흔적으로 남고
봄바람이 떨어진 꽃잎을 들추어 주워 모아도
누구 하나 관심조차 없다
꽃잎 떨어진 꽃 받침대에 변화의 상처가
통증으로 아리고 쑤셔 와도
눈물인지 빗물인지 나무 몸통에 얼룩져 있고
위로가 필요한지 내 편이 필요한지
나를 알아줄 나뭇잎 새싹을
애가 타도록 불러댄다
매년 봄이면 꽃 알레르기 때문에 간지러움에
재채기로 몸살을 하는 나
나뭇잎이 빨리 나길 원하는 목련나무와 나나
봄은 성장을 위한 화려함 뒤에
또 다른 시련의 계절인가 보다

2023. 3. 20.

사랑과 헤어짐의 사이

달빛 없는 밤 깊은 봄날 밤에
드문드문 빗방울마저 떨어지면
일일이 말 못 하고 아무도 몰라주는
짝사랑만 소리 없이 우는 밤인가 보다
두견새가 님을 찾아 밤새도록 울고 서 있던 자리에
분홍색 진달래는 새로운 만남에 장소로 기억되고
어제 산속 고라니는 해 질 녘에 목이 터져라
이 골짝 저 골짝을 고함지르더라
겨우내 혼자 지내기 너무 외로워
이제는 마음에 병이 되어
못 참는다고 발광을 하나보다
외로움의 스트레스는 삶을 바꿀 만큼 큰 것인가 보다
오늘도 그녀와의 밀당 게임에
온갖 잔꾀 다 동원해 보지만
버리자니 아깝고 계속 사귀자니 실속 없네
시원한 대책 없어 고라니 속만큼
내 가슴속도 아릴 것 같네
아마도 오늘 저녁 밤비를 맞으며
시간이 기다리는 먼 곳을
홀로 돌아 늦은 귀갓길이 되겠구나

2023. 3. 20.

욕심에 값

하나의 새로운 일은 태양에서
천 갈래 만 갈래 햇살이 쏟아지듯
욕심 많은 생각들은
조각조각 흩어져 봄바람에
민들레 홀씨 날아가듯
살과 이야기를 덧붙이며
산불 번지듯 확산되어 간다
애정은 행복의 시작이 아닌
번민의 시작이고
끄지 못할 초가삼간 불
빈대와 맞바꾸어 먹듯
우연히 생긴 일은 없다
극도로 지치면 포기하고
생각에 사슬도 끊어진다
알고 싶은 일도
하고 싶은 일도 없어지면
번민도 고통도 없어지는 것
욕심이 끝까지 미련에 고집을 부리면
스스로 불행을 자초한다
버려라 미련을 그리고 욕심을
옳은 일은 공짜가 없고

번민도 없다
모든 물건에는
정당한 값이 있을 뿐이다

2023. 3. 22.

마음에 비밀

해와 달이 세월에 강을 만들고
나는 세월의 강에 인생이란
조각배를 만들어 띄운다
시간이 멈추는 그 자리까지 여행길에 올라
흘러가는 작은 조각배에 수많은 인연이 닿아
이것저것 욕심내어 싣다 보니
하나만 더 실어도 중량 초과로 빠질 것 같구나
세월 따라 떠내려가다 보니
작은 인연 하나가 같이 가자고 손을 내밀고
그냥 본래의 작은 인연으로 가면 될 것인데
욕심에 조금씩 더 당기다 보니
배의 출렁거림은 심해지고
욕심 못 채운 마음은 가짐과 못 가짐으로
매일 전쟁 중이다
불면의 피로감이 대가를 요구한다
욕심을 실은 조각배의 출렁거림은 더욱더 심해져
이제는 더 이상 갈 수가 없구나
자구책으로 그대와의 인연 줄을
욕심이 안 생기게 끊을까 하오
욕심이 없으면 번민도 없고
번민이 없으면 평상심이고

아무 일 없으니 행복한 날 아니겠소
이제야 행복해지는 비결을 알았소
행복해지려면 가지려는 욕심을 버리는 데 있고
더 많이 버리면 짐은 가벼워지고
가벼운 짐을 지고
인생이란 길을 가면
가진 것이 없을수록 인연을 적게 만나니
인연 줄은 그물 줄이라 맺으면 맺을수록
그 틈이 촘촘해 빠져나가기 힘들다
삶이 더 힘들다는 것을 환갑이란
인생 반환점을 돌고 나니 이제야 알았네
환갑 이후 인연은 맺지 말아야
낡은 인생 배 그나마 순풍에 돛 단 듯이 흘러가지요
버리고 잊고 새로운 욕심 안 가지니
이렇게 편안한 것을
욕심 하나 버리려고
환갑까지 세월을 허비하고
헛고생이 참 배움으로 변한 것 같네
버리면 버릴수록 행복해지는
마음에 비밀을 이제야 알았구나

2023. 3. 22.

삶에 이치

봄비가 온다
봄비 맞고 피는 꽃
봄비 맞고 지는 꽃
똑같은 시간에 서로 오고 감이 다르다
만남은 헤어짐의 시작이고
헤어짐은 새로운 만남의 시작이니
어디가 처음이고 어디가 끝이라고
말할 수 있겠는가?
이별을 하고 마음이 외로운 사람은
지는 꽃잎에 의미를 두고
사랑을 시작하는 사람은
피는 꽃잎에 설렘을 가진다
봄비 내리는 날

장롱문 열어 놓고
그날 기분에 따라
외출복 골라 입듯
마음속에 감정들을
하나둘 끄집어내어
밭에 잡초 뽑아내듯
옳고 그름을 계산해 나아가면
하나의 끝남은 또 하나의 시작으로 이어지고

인생의 삶은 끝이 없다
비록 모습은 바뀌어 끝난 것처럼 보여도
그 본질은 변하지 않는다
십 대의 내 모습이나
육십 대의 내 모습이나
난 나일 뿐이다
그래서 인생은 영원으로 이어지는 것이고
겉모습만 다를 뿐
우리는 시간이 정해준 계획에 따라
변해 갈 뿐이다
다만 우리 눈에 보이는 것만
보고 믿고 사니까
달라 보일 뿐이다
혼자 마시는 커피잔 속에
삶에 이치를 녹여
침묵에 변명을 해본다

2023. 3. 23.

젊음이 그리운 날

어제는 밤비가 내렸다
오랜 가뭄 끝에 내리는 비라서 그런지
미련 때문인지 오늘 오전까지
숨도 안 쉬고 꾸준히 내렸다
밤새도록 봄비에 젖은 꽃봉오리는
물기에 퉁퉁 불어 꽃망울이 벌어지고
양 사방 가지에 벚꽃이 활짝 펴니
벚나무는 기세등등 일 년 치 자랑을 몽땅 하고픈지
드레스 입고 춤추는 신부모양
내 세상이라고 봄바람에 자랑질이 한창이네
꽃을 시샘한 꽃들이 데모하듯
너도나도 들고일어나 존재감을 과시하고
온 사방이 꽃나비 천지네
올해 봄은 이렇게 돌아와
청춘을 자랑하건만
환갑 지나고 인생 반환점 돌아
재탕으로 삶을 살아가는
내 인생 흘리고 가는 봄 뜰을 멍하니 지켜보는
현실에 내 모습은
아쉬운 마음만 남네

2023. 3. 23.

봄날의 유희

찬바람에 날려 와 터 잡고 살던
겨울 철새 놀이터에 삼월 어느 날 산 넘어 날아온
물새 한 마리가 봄 씨앗 하나 물어놓고 가더니
어느 날 봄바람에 기러기는 다 날아가고 없고
정양 호수에 봄빛이 내려앉아
풀빛이 생기가 돌면 물오른 수양버들 가지는
봄바람에 낚싯대를 당겼다 놓았다
물결을 희롱하고 세상일 궁금한 붕어 피라미는
호수에 잔물결을 그린다
붕어 낚시에 재미가 붙은 수양버들 가지는
이웃 갈대숲에 물새가 둥지를 트는지도 모르고
봄빛이 주는 즐거움에 세월이 가는지도 오는지도 모르고
청춘의 봄날을 즐긴다
물오리 솜털 하나 물결 위로 헤엄을 친다
자기가 물고기인 양 빨리도 달려보고 천천히도 가본다
피라미로 착각한 물새가 얼른 낚아채
풀섶으로 사라지고 태양이 호수를 건너갈 때
발걸음마다 생긴 발자국에 햇살이 쏟아져
호수는 석양에 금빛 물결을 출렁이고
물결의 부추김에 메기는 긴 하품을 한다

2023. 3. 27.

만남과 이별 사이

며칠 전 마음이 맞지 않아
그녀와 이별을 했네
오랜 생각 끝에 이별이라서
현실은 옳았다 싶네
서로서로가 구속이 되니
편안한 관계가 좋을 거란
결론에 도달했다
스스로 위하고 배려하는 것이 사랑이고
의무감으로 마음 불편한 나날에
말 못 하고 속 끓는 마음에
답답함으로 사는 것은 구속이다
어제는 온종일 비가 왔다
오늘도 봄비는 소리 없이 계속 내리고
어느덧 내 마음까지 촉촉이 젖었다
단단했던 마음이 불어 터지니
속에 가두어 뒀던
그녀와의 좋은 추억
공든 탑같이
쌓아 온 정이란 놈이
쏟아져 마음을 허물고
마음대로 칼질을 한다

그 아픈 서러움에 비를 맞고 선
목련 꽃처럼 외롭고 한없이 작아져 가고
봄비에 진흙탕이 되어버린 내 마음
비 온 뒤 땅 굳어진다고 했는데
내 마음도 더 단단해질지 의문이고
자신이 없네
지금 쓰라린 이별의 아픔에 울고 있다
괜찮을 줄 알았는데
이별은 만남보다 훨씬 더 속 쓰린 것
어떤 이별도 상처를 남기는구나
세월이 약이라고 했는데
언제쯤 이 아픔 가려나
아픈 만큼 성장한다고 했는데
나도 수백 년을 살아남은
동네 느티나무처럼
단단해질 수 있을까? 오늘은 내 자신감에
의문의 하루를 보낸다

2023. 3. 27.

사랑이 끝난 후

이별은 나에게 묻는다
사랑에 조건이 무엇인지를
시간이 가르쳐 주는
비밀 이야기를 듣는다
이런 생각 저런 생각이
징검다리 돌이 되어
지금은 행복한지 불행한지를 물어온다
나는 답한다 나무뿌리처럼
얽히고설킨 생각들 속에
돌맹이처럼 마음은 사랑 미움 복수의 애증 속에
어느 누구의 편도 아닌
그저 돌멩이라고 말한다
거짓이 진실을 증명하듯이
살아가면서 겪은 옳은 생각들이
사금 걸러 모이듯
나를 성장시켜 어른이 되어가게 하고
작은 바람도 귀하게 여긴다
애증에 올가미는 아무런 의미가 없고
지난 사랑에 불꽃은
시간이 저지른 아름다운 불꽃이었다

2023. 3. 29.

꽃비가 내리는 날

진달래가 개나리꽃 손잡아 주니
개나리는 벚꽃을 손잡아 이끌고
온 들판에 봄꽃이 다 나와
성질 급한 사람 모양 한꺼번에 다 설친다
봄꽃은 길 따라 북쪽으로 올라가고
얼음 녹은 시냇물은 남쪽으로 흐른다
시샘 많은 꽃들이 한밤 자고 나면 한 고을을 넘어서 달리고
겨울 철새 기러기 따라가나 보다
봄날이 속살을 다 보일쯤에 꽃구경을 나선다
있는 힘 없는 힘 다 동원해 활짝 핀 꽃은 밑천이 다 떨어져
절정을 넘어 기운이 없어 부여잡고 움켜쥔
꽃잎을 하나둘 놓아주고
살랑살랑 부는 바람에 꽃향기가 날리듯 흩날리면
꽃잎은 꽃비가 되어 거리를 흥건히 적신다
마음이 봄을 타 꽃구경 나서면 꽃물이 적신 내 신발에
그 아픔도 함께 묻어 집으로 돌아오면
화려한 영광 끝에 묻어오는
외롭고 쓸쓸함으로 고독해 하고
사색과 체념으로 고독으로 물든 물이 다 빠질 때쯤이면
자의 반 타의 반으로 하루를 잊는 잠을 청해본다

2023. 3. 31.

봄날의 노래

기왓장 엎어 놓듯
봄날이 하루하루 포개가니
어느덧 보랏빛 라일락꽃이
향기를 피워
벌, 나비 불러 모아
사월에 봄 편지를 써 온다
따스한 오후 햇살 아래
행복해 조잘대는 참새들 이야기도
이쁘게 적어 함께 온다
점심을 먹고 나니
나른한 햇살에 농우소 낮잠을 청하고
하루 종일 앉아 있기가 지루했던지
노랑 민들레 흰민들레 꽃이
가로등같이 길을 안내하고
지팡이 짚고 노인 두세 명
짝지어 산보 길을 나선다
작은 시냇가 왜가리는
누굴 기다리는지 어제도 오늘도
하염없이 한곳에 서 있고
아가씨 치맛자락같이
살랑거리는 봄바람에 춘심은 욕심을 내고

벚꽃은 이쁜 물감으로 색칠한 꽃잎을

아이들 비눗방울 날리듯

하나둘 빈 창공에 날려

봄날 오후 한나절 이쁜 풍경에 그림을 그리며

봄 나비를 찾아 날고 있다

삶에 여유를 즐기는 나는

망태 하나 울러 메고

산나물 뜯으러 산으로 올라간다

두릅도 따고 머위도 캐와

오늘 저녁에는 옛 친구 불러 모아

막걸리 한 잔에 산나물 안주 삼아

세월을 거꾸로 가는

청춘 열차를 타고

젊었던 시절로 돌아가

진주 난봉가

한 자락 목이 쉬도록

큰 소리로 신명 나게

불러봐야겠다

2023. 4. 1.

내 인생

올해의 봄꽃은 순차적으로 안 피고
물바가지 물 퍼붓듯 한꺼번에 피어나
또 다른 의미로 다가와 생각이 깊어진다
생태계의 변화일까?
이상기후일까?
이팔청춘도 아닌데
환갑 진갑 다 지난 이 마당에
봄꽃을 보니 괜히 심장이 뛰는 것은
무슨 이유일까?
몸은 늙어도 마음은 청춘이라고
믿는 객기는 아닐까?
객기도 좋고 오기도 좋고
착각도 좋다
한순간이나마 나를 잊고
화려한 날로 복귀해 봄도
나쁘지 않으리라
내 인생에 주인공은 나이고
내 삶은 내 의지대로 그리는 그림이니
붓 가는 대로 오는 시간 위에 입히고
색깔 덧칠해 가면 잘되면 잘되어서 좋고
이쁘지 않으면 하고 싶은 욕망

실현해 봐서 좋고
이래도 좋고 저래도 좋은
삶에 덤으로 사는 노후에 생
빡세게 안 살아도 되는 노년에 삶
재촉 없이 천천히 힘닿을 만큼
가지고 살아보자

2023. 4. 1.

아내

봄 햇살이 더워서 개헤엄을 치는 사월 초 휴일날
두릅나물 초무침에
아내와 함께 막걸리 한 사발 걸치며
돌미나리 비빔밥에
첫 부추전 부추김치 밥술에 얹어
불쑥불쑥 머슴밥 한 그릇에
술기운이 알딸딸하니
와! 기분 좋구나
누가 이보다 더 행복하리오
아무런 생각 없고
아무런 욕심 없고
그저 모든 것이 이해되고
마음에 걸림 없는 세상이
아름다워 보인다
천국이 별것 있나?
행복이 별것 있나?
인생 알고 보면 아무것도 아니여
지금 이 순간 행복하면 되지
그동안 나를 위해 가정을 위해
자식들 위해 동네 느티나무가 되어
한 세월 꿈쩍도 없이 잘 지켜준 아내가 고맙다

내가 고독으로 삶의 무게로
가장으로서 책임감에 흔들릴 때
밑돌이 되어 말없이 받쳐주던 사람
봄 술 한 잔에 지나온 날들의 고마움에 눈물이 난다
오늘은 오후에 따스한 양지쪽에 앉아
해가 질 때까지 그 고마움으로 가슴 적셔봐야겠다
분홍빛 옥매화 가지 밑동부터 가지 끝까지
송이송이 꽃 빈틈없이 맺혀있고
지금 내 마음속에는
지나온 날이 줄줄이 늘어서고
그 고마운 일들이 저 꽃보다 더 많이 맺혔네
꽃잎이 키워준 땅을 감사 인사로
이쁘게 옷 입히듯이
지금 내 마음은 아내의 고마움으로
세상에 없는 보랏빛 향기 흩날리며
피어 가는 라일락 꽃 사연보다
더 진한 내 마음은
아내 사랑과 고마움으로
자꾸 덧칠해 하늘에 구름만큼
오후 내도록 짙어만 간다

2023. 4. 2.

봄비는 오고

봄비가 내린다
어젯밤부터 시작한 비는 오늘도 내린다
비에 젖은 배 밭 배꽃 잎은
하얀 속살을 다 드러내고 목욕을 즐기고
올해는 벌, 나비와 인연에 연줄을 끊었는지
찾아주는 벌, 나비 없어
미련 없이 욕심 없이 구도자처럼 초연하게
세상을 잊은 듯이 맥없이 달려있고
새싹 나뭇잎은 님을 만난 듯이
반갑게 손바닥을 쫙 펴고
빗물을 받아 마시며
희희낙락이고 비 오는 날
농부는 갈 곳 없고
할 일 없어 방안에 나 홀로 앉아
처마 끝에 떨어지는
빗방울이 속삭이는
청춘 비밀 이야기를 듣는다
문득 스치고 지나가는 옛일 생각에
전화번호 연락처를 하나하나
더듬어 생각에 잠기네

2023. 4. 5.

시작과 끝

봄비에 꽃이 피더니 오늘 저녁 밤비에 꽃이 지네
피는 꽃잎은 젊고 이쁜 꽃이고
만남 같은 기대감에 설렘으로 삼 층 탑을 쌓는다
떨어지는 꽃잎은 늙고 값어치가 없고
이별 같은 허탈감으로
기운 빠지게 하지만 꽃 꽁무니에
씨앗 하나 물고 나와
이쁜 열매로 키워보라고 숙제를 남긴다
그냥 오고 가는 세월이지만
세월은 무심코 지나가지 않고
작은 나뭇잎에 정붙여
한 세상 살아보라고 응원을 한다
화려한 꿈같은 꽃이 끝이다 싶으면
삶은 바늘귀 실 물어오듯
이 작은 씨앗으로 희망을 주고
세상살이 어디가 시작이고
어디가 끝인지를 모르겠네
어젯밤 이야기가 한숨 자고 나면
아침은 오늘 이야기로 아무 일 없다는 듯이
너스레를 뜬다

2023. 4. 6.

병아리 부화

따뜻한 품 안에서 꿈을 꾼다
여러 형제자매들이 모여 생의 기도문을 외우고
세상살이에 필요한 물건들을 꼼꼼히 챙긴다
병아리가 알 깨는 소리는
술독에 술이 익을 때 보글거리는 소리 같고
소녀가 석양 창가에서 치는
피아노 소리 같기도 하고
하룻밤 내 알껍데기를
석공이 돌 다듬는 소리로 두들겨 깬다
코 하나 나올 만큼 구멍이 나면 비로소
세상 공기로 호흡 한 번 해보고
세상살이 체험해 보면
잠시 쉬어 언제쯤 나갈 것인가
생각하다 결심했는지
원 기운 힘 한 번 쓰니
알에서 생명 있는 병아리가 되어 삶을 노래한다
삐약거리는 소리 작은 솜털 새까만 눈동자
알이 병아리로 변한 사실이
삶과 죽음을 가를 만큼
너무나도 딴 세상이 신기하구나

2023. 4. 8.

합천 오일장

봄 햇살이 소풍길을 나서고
화려한 꽃도 보고
파릇파릇 생기 넘치는 나무 잎새도 만져보고
푸름이 달리기하는 밀밭 위를 뜀박질로
경주도 해 본다
오늘은 합천 오일장
각 마을 촌 할머니들 난전에 모여 앉아
닷새 동안 동네 소문 안부를 묻고
가져온 바구니에 산나물을 전시한다
자판 위에 올라앉은
쑥, 두릅, 취나물, 돌나물 등이
나름대로 뽄새를 내고 행인들을 유혹한다
봄을 팔고 청춘을 사고 꽃을 파는 노점상
꽃가게 새롭고 화려한 꽃이
눈에 띄는 순서대로 새 주인 손 잡고 떠나고
혼자서 왔다가 함께 떠나는 뒷모습이 아름다움으로
가슴에 머물게 하고 장보고 가는 손에
꽃나무 들고 가는 손 따라
내 눈길도 한참 따라간다

2023. 4. 8.

봄날은 좋다

가을 찬 서리에 단풍은 낙엽이 되어
찬바람이 불 때마다
조금씩 산을 비워가더니
따뜻한 봄 햇살이 들락날락거리며
몇 날 며칠을 공을 들이더니
봄비 손님 한번 왔다 갔다 하면
산천은 기운을 더해 모양새가 다르다
나무들은 각자의 개성대로
하루하루 빈 산을 조금씩 조금씩
새싹들로 소리소문없이 채워 가면
하늘에 초승달도 별빛 불빛을 주워 모아
보름달로 가득 채운다
농부는 곡식과 채소로
들판을 채우고
내 마음은 그대 사랑하는 마음으로
하루하루 이쁘게 색칠하여
물독에 물 채우듯
그대 사랑으로 가득 채울까? 하네
내가 사랑하는 그대는 무엇으로
이 봄을 채워 갈까?
오늘따라 봄 햇살이 분위기를 잡는다

봄날이 속삭이는 마음에 의미는
청춘일까?
희망일까?
아무튼 봄날이 참 좋구나

2023. 4. 8.

봄바람의 강풍

봄바람이 심하게 불어
토끼 굴에 피신해 있듯
방안에 앉아 있으니
봄바람은 같이 놀러 가자고
철 대문을 쿵쾅거리며
들락날락거리고
창문 흔드는 반복되는 소리에
마음이 불안해 밖을 나서니
거센 바람은 봄 꽃잎을 마구 떨구어
축구공 놀이하듯
이 구석 저 구석으로 몰고 다니고
이웃집 세숫대야는 봄바람의 배구공 놀이에
신이나 고함을 있는 대로 지른다
어디를 구경하며 응원해야 할지
말아야 할지 헷갈리고
봄바람에 심술은 도깨비 장난하듯
태극기를 힘차게 흔들고
수양버들 가지도 깃발인 양
동서남북으로 춤을 추게 한다
낙동강 물이 바람에 바람을 실으니
물결이 물결을 등에 업고

쌍 파도가 일어나 강둑을 찰싹찰싹 때리면
강둑은 아프다고 소리를 지르고
오리 떼는 고기잡이 나아갈 엄두조차 못 내고
석양이 저물어가는 강둑에서
저녁 떼거리 걱정에
뭐라 뭐라 중얼거리는데
말뜻은 몰라도 그 의미는 알 것 같네

2023. 4. 11.

삶은 여행길

우주를 여행 중에 어느 날 문득
우연인지 필연인지 몰라도
빛의 중력에 이끌려 지구에 도착하여
태양계가 지배하는 시대에 속해
그가 정한 법도대로 맞추어
살아온 지 어언 육십 고개 넘어
칠십에 고지로 행군 중이고
그나마 동지를 잘 만나 임무 수행에 수월하다
세월이 나누어 주는 시간을 배급받아
내 나름대로 알뜰 살림을 살아왔다
그런대로 살림을 잘 살아
물자가 풍성하여 눈에 보이는 것들
눈에 보이지 않는 것들이 가득한데
공장 컨베이어에 실린 물건
순서대로 착착 출고되듯이
미룰 수도 새치기도 없이
정해진 인생길 여행도 끝이 보이고
천천히 왔던 곳으로 돌아갈 짐을
당장 안 쓰는 것부터 하나씩 챙겨
봇짐에 넣어 보관한다
한도 미련도 아쉬움도 많았지만

그 세월 속에 많은 것들을 배워 똑똑해졌고
사리를 구분할 만큼 시간도 들고
음양에 균형된 이치도 알아
하나를 얻으면 다른 하나를 내놓아야 한다는 법칙도 안다
이제는 욕심 다루는 법만 배워
자유자재로 쓸 수 있으면
이 세상일 다 배워 신선이 된다
열 살 고지 서른 살 고지
매 고지 탈환할 때 입은 상처는
신체 노화 골병으로 맞바꾸어 계산하고
이제 남은 것은 생명에 원천 욕심 줄만
고래 심줄처럼 붙어 있어
천 갈래 만 갈래로 꼬여 있는
이 밧줄 한 올 두 올 틈나는 대로
풀어 가고 있다
내가 타고 갈 시간 여행 비행기가 도착해
타고 떠나는 그 순간까지
욕심은 생명줄에 꼬여 있겠지만
삶에 미련 안 남게
오늘도 열심히 살아야 하겠지

2024. 4. 13.

삶과 죽음

술잔에 잔을 채우듯
세월이 계절에 잔을 채우니
봄꽃 피는 삼월이 지나가고
좋은 시절 가는 게 아쉬워
봄 새는 산에서 울고
인생이 지나간 자리 나이가 쌓이듯
시간이 산과 들에 쌓이니
나무에도 새싹이 무럭무럭 자라나
아기 손바닥 펴듯
잎을 펼칠 때
굽이친 산맥은 알통을 자랑하고
산을 흘러오다 평지에 맺힌 밭에
작은 표지석에 꽃다발 하나 보인다
어제는 없었는데 오늘은 누구 한 사람
삶에 근무 잘 마치고
하늘과 땅이 좋은 기운으로
대화를 할 때 좋은 시간에 꽃다발 받으며
원래 왔던 곳으로 돌아갔나 보다
새싹이 파릇파릇 돋는 묘지에
따뜻한 날씨는 꽃들을 불러 모아
화려한 청춘 이야기를 말하게 하고

골목길이 이쁜 커피집에 들러
커피 한 잔에 헷갈리는 나의 생각이
옥신각신 수 싸움을 벌이고
바둑돌 만지작거리듯
삶과 죽음 두 돌을 들고
어디에 숨은 묘수가 있을까
고민하네

2023. 4. 14.

술 한 잔

하루 일이 힘들어
마음에 스트레스로 복잡해
방향 변경에 어려움이 있을 때
마음속 이야기를 말로 표현하고 싶으나
의식과 체면의 장벽이 너무 높아 넘을 수 없을 때
술 한 잔은 해결사로 나선다
술 한 잔이 마음에 소리를 녹여
때론 이야기로 때론 노랫가락 소리를 내고
희로애락을 표현한다
술 한 잔이 목구멍을 타고 넘어가면
인생이 삶을 살면서 골병 들인
멍든 가슴속 응어리로 흘러들어
스며갈 때마다 녹차 우러나듯
마음속에 피멍울은 조금씩 우러져 나오고
가슴에 쌓인 한과 분노 슬픔이 진하게 우러져
나온 만큼 가슴앓이는 조금씩 수월해지고
꽉 찬 가슴속 한 맺힘은
들어가는 술잔만큼 쏟아져 나온다
마음속 응어리 다 비우기도 전에 꼬부라져
단번에 해결 보려던 응어리 이번에도
다 드러내지 못하고 흉터처럼 남는다

비몽사몽으로 오늘 밤 이야기는

하숙집 방 백열전구 꺼지듯이

흔적 없이 어둠 속으로 묻히면

마음에 고민은 숙제로 남고

아침 햇살은 진흙탕에 빠진 옷 빨아 놓듯이

어젯밤 일을 흔적 없이 깨끗이 세탁해 놓아

아무 일도 없다는 듯이 오늘 하루도 첫 삽을 뗀다

2023. 4. 15.

눈치 없는 놈

사월 중순의 따뜻한 봄 햇살이
꽃들의 진로 상담 이야기로
분위기는 화기애애하고 각자에게 잘 맞는
진로 이야기를 처방해 준다
나뭇잎 새싹들은 이제는 제법 자라나
어깨 다툼을 벌이고
그 치열한 생존에 사정을 아는지 모르는지
그 틈에 참새 무리 모여앉아 따뜻한 햇살만큼
즐겁게 노래도 하고 수다도 떨며
세월을 까먹고 있다
밤새 잘 지냈는지 심어둔
가지, 호박, 오이, 고추, 안부를 묻고
방안에 들어와 오늘은 무슨 일로 하루를 보낼까 하고
생각도 할 겸 커피 한잔해 볼 요량으로 물을 끓이는데
문간에 손님 왔다고 우리 집 마당 개는
손님 접대하러 나오라고 불러서 야단이고
눈치 없는 우리 집 장 닭은 세상이 어찌
돌아가는지도 모르고
옆집 암탉만 놀러 오라고 눈치 없이
목이 쉬도록 처 불러대는구나

2023. 4. 16.

재 회

따뜻한 봄날 푸른 강물에 꽃잎 떠내려가듯
기약 없이 헤어진 님인데 벌써 삼 년이란 세월이 녹아났네
그동안 수많은 생각에 꽃은 결실도 없이 피었다 지고
수많은 불면에 밤이 날카로운 감정에 칼을 무디게도 했지만
봄꽃 피고 풀잎이 봄바람을 말 타듯이 타고
천방지축으로 달려 세상 무서운 줄 모르고
들판을 달리는 망아지 모양 천지도 모르고
강둑을 한 뼘씩 점령해 갈 때
우연히 낯선 장소에서 만날 기대조차 못 한 님과
얼굴을 딱 마주 서면 전기에 감전된 미꾸라지처럼
머리에 총 맞은 것처럼 멍하니 서 있고 마음과 몸은 멘붕이다
무슨 말을 어떻게 해야 할지도 모르는 바보가 되어
그저 서로 만나 손 마주 잡고 어색하게 웃고만 서 있다
참새 방앗간 만난 듯이 그동안 마음에
밀린 말들이 쓰나미가 두서없이 쏟아지고
대화 속에 서로 모난 마음 쓸어 가 버리면
잊었다 했던 그 사랑 추억 속 이야기라고 했는데
불에 기름 부은 듯 확 타올라
당겨다 놓은 고무줄 모양 마음과 몸은 원래대로 돌아가니
마음에 벽은 무너지고 내 마음 나도 모르겠네

2023. 4. 17.

나의 어리석음

하루 종일 물에 떠 있는 오리
겉모습은 아무 일 없이 힘 안 들고 행복해 보여도
쉼 없이 저어 대는 오리 발과 다리를 바라보면
그 마음 내가 알 것 같다
요행수 하나 없이 행운에 재수별 하나 없이
한평생 노동으로 삶을 유지해 온 내 몸이
이제는 더 이상 이대로 못 산다고
밤낮없이 대책을 세워달라고 농성이고 파업이고
물불 안 가린다 아무리 계산해도 맞지 않는 욕심보
셈법은 가지면 가질수록 부족한 그 마법에
계산이 마음을 지배하고 그런 줄 알면서도 그 그늘 안 벗어나고
은근히 그 장단에 춤을 즐겼던 나
조금 더 가져보겠다고 부린 욕심에 맞장구는
만족할 줄 모르는 끝없는 꼬드김에 올바른 것 가져보지 못하고
이제는 좀 편히 살아도 되겠다 싶으면
골병이 쌓여 몸은 통증에 아픔을 호소한다
몸 안 아껴 쓴 죄 이자 지불을 요청하고
통증은 사채업자같이 피도 눈물도 없이 악착같이 달라붙는다
이제는 쉬고 싶다고 어디 그것이 내 마음대로 되나
나도 내 몸에 편이 되어 도움을 주고 싶다
나도 밥만 안 먹으면 마음은 부처다

어디 삶이 부뚜막 단지에 담긴 소금인가 녹녹하게

몸에 버거운 일로 하루하루 연명하다 보니

온몸이 갈가리 찢어 가듯이 아픔이 저려 온다

부지런히 움직이고 나니 몸과 마음이 피로에 지치고

먹고 살겠다고 무리하게 열심히 일한 죄로 그 벌이 통증이다

한숨 자고 나면 정신 있을 때

벌 받으라고 신호를 보내온다

손끝에서 시작한 통증은 어깨에서 욱신거리고

발끝에서 시작한 통증은 허리까지 들썩거린다

서까래 치면 대들보 울렁거리듯

구멍 난 배 침몰하듯이 서서히 자신감에 삶에 의욕

욕심에 미련까지 다 내어놓고 이 세상 올 때 빈손이듯

한평생 모은 재산 통증과 퉁 치고

빈손으로 저세상 떠나갈 배 올라탄다

결국 욕심이 만든 연극에 꼭두각시

놀음하다 욕심의 야바위꾼에 속아

핫바지 춤만 질리도록 추다

빈손으로 와 빈손으로 떠나는 것이 인생인데

돈 벌려고 몸 버리고 몸 고치러 돈 허비하고

왜 모르고 살고 모른 체하며 산 나의 어리석음이여

2023. 4. 18.

님이 좋아

이른 아침에 등산을 왔다
산 중턱 양지바른 편편한 곳에
잠시 앉아 숨 고르기를 하면
산 넘어 달려오는
아침 해는 나를 보자
반가워 얼싸안기고
밤에 숲에 요정이 공놀이를 하며 놀던
이슬방울은 풀잎 끝에 매달린 것이
사월 초팔일 산사에
소원 등을 달아 놓은 것 같이 반짝이고
새로운 삶에 임무를 부여받은 진드기 새끼는
풀잎 끝에 이슬방울 밑에 숨어
한 발을 들고 서 있다
한평생 뜯어 먹고 살 몸
스치기만 하면 얼른 올라탈 거라고
기다리는 너 인내심 대단하구나
남에 힘으로 한평생 살아가려고 하는 것 보니
세상 모든 동식물들은 한 가지 진기한 재주는
모두 다 가지고 있네
생존에 경쟁은 여기도 치열하구나
사람이 없는 산중이라 고요하고 평온하다

가끔 이름 모를 방문객이 쉬어가도 되겠느냐고
물어오면 이름 모를 새는 청아하게 맑은 목소리로
대답을 하고 반갑게 나그네 새 손님을 들인다
차츰 날씨가 흐려지는 것 보니
봄비가 오려나 보다
선발대가 쏜 화살 같은 빗방울은
흐린 하늘에서 하나둘 뛰어내린다
이런 날이면 뜻 맞는 사람이랑 데이트에
차 한 잔도 좋고
수양버들 늘어진 강변도로를 따라가면서
차 안 세상에서
창밖 세상을 재해석하고
차창에 부딪히는 봄비의 속삭임
내 귓가에 님이 속삭이는 말 중에
어느 말이 내 귀에
쏙 들어올까?

2023. 4. 18.

행복 별것 아니네

아침을 굶고 병원 검사 길을 나선다
담담한 척해도 속마음은
행여나 지난번 보다 안 좋아졌는지
긴장이 된다
간 초음파에 간 탄력도 검사에
가슴 엑스레이, 피검사, 소변검사
모든 장기가 위험선에 걸쳐 있으니
외줄타기 하는 곡예사만큼 아슬아슬하다
삼 개월마다 하는 검사
육 개월마다 하는 검사
검사 가는 날이면
수험생 시험 보러 가는 날 기분이다
검사를 마치고 검사 선생님께 살짝 물어봐
지난번이랑 변화 없다는 소리 들으면
사탕을 산 어린아이 기분이 되어 기가 살아난다
일상생활을 절제하며 산 보람도 있고
사월 중순에 봄날을 마음 놓고 즐길 수 있다
올해는 따뜻해 벌써 이팝 꽃나무는
쌀강정을 쌓아 놓은 듯 흰 눈이 쌓인 듯
나무에 꽃 천지고
산비탈에 드문드문 선 아카시아 꽃송이는

염소가 긴 혀를 내밀고 풀을 뜯듯
봄바람에 엉덩이춤을 추며
벌들을 유혹하고 벌 뒷다리에
묻어 나오는 꽃향기는 나를 유혹하는구나
의사 선생님의 아무 일 없다는 그 한마디는
이 세상 어느 누구보다 나를 행복하게 하는구나

2023. 4. 19.

민들레

구름 사이로 아침 햇살이
밤새 안녕했는지 안부를 묻고
매일 아침 출근길에
눈인사를 나누는 사이인데
나는 그를 보고파 하고
그는 언제나 그 자리에
서서 기다린다
오늘도 내가 먼저 인사를 하려고
주차장 옆 담장 밑
노랑꽃 민들레 마을을 바라본다
어제같이 꽃 핀 자리에
어느새 하얀 망태 보따리를 이고 서 있다
올 한 해도 자기 소임을 다하고
꽃대 끝에 봉수대 봉화 올리듯
솜털 같은 낙하산을 들고
손잡고 신천지 찾아갈 봄바람을 기다린다
처음에 노란 꽃봉오리 올릴 때는
청순한 소녀같이 풋풋함이
내 마음 설레게 했고
씨앗 맺고 선 지금은
외할머니같이 인자한 모습이 좋다

꽃 한 송이 일생에서
사랑하고픈 소녀의 모습도 보고
그리움으로 그 품에 안기고 싶은
정 많은 할머니 모습도 떠올라지고
봄바람에 어미 품 떠나
미지의 세계로 미련 많아
정 출출 흘리며 날아가는
민들레 씨앗아
부디 좋은 곳에 잘 정착해
내년 이른 봄에 일찍 피어나
낯선 사내 손잡고 떠난
소꿉 여자 친구 생각 안 나게
내 가슴에도 노란 꽃 도장
하나 찍어 주렴

2023. 4. 20.

술 취한 허수아비

길을 간다
무작정 술 한 잔이 이끄는 길을
한잔 술에 용기도 생기고
망설이던 생각도 확신을 가지고 밀어붙인다
술 깨고 나면 모두다
허사라는 걸 알기 때문에
만용이라 할 수 있다
술이 용기라고 책임질 일에
회피하는 비겁함을 보이기 싫어한다
누구나 인정할 수 있는 용기가 돋보임은
무슨 까닭일까?
한잔 술에 인생을 팔아
시간을 팔아먹는 한심한 그대는 졸장부다
한 번 또 한 번 인생 고개를 넘어
홀린 듯이 인생사를 돌이켜봐도
번복할 수 없는 자존심이
남아 일언 중천금이라고 큰소리친다
한잔의 술이 나를 속이고
이 밤이 나를 속여도
그대 마음만은 진실로 믿노라

2023. 4. 21.

술 한잔의 비밀

석양빛 발뒤꿈치 발자국 따라 빗물이 고이듯
어둠은 산 그림자를 덧칠하고 난봉꾼 술친구를 데리고 온다
한 잔 두 잔 마실 때마다 닫힌 마음에 물꼬가 헐어
비밀 이야기가 술술 새어 나오고
술이 목구멍을 넘을 때마다 환상적인 마술로
몸과 마음을 분리시키고 한순간 쾌락에 목숨을 건다
술 마실 때 처음일 때는 먼 동네 아저씨로 다가와
몇 잔 오고 가면 형, 동생으로 본질은 어디 가고
바람만 조금 불어도 허수아비 니나노 춤을 추듯
나도 그 잘난 술 몇 잔에 매수되어 어젯밤에는
갈지자걸음 제법 걸었다 너도나도 모르는 비몽사몽 꿈길
밤이 새도록 헤매고 돌아와 보면 술 취했을 때
그 허세 어디 가고
비 맞은 생쥐 꼴처럼 눈물이 날 만큼 처량하다
꼼짝없이 속 울렁거림, 아픈 머리
딱 귀찮은 세상사 이불 뒤집고 누워
내 몸이 용서해 줄 때까지 반성문을 열심히 쓴다
부도날 수표처럼 다부지게 금주 맹세도 해 보지만
망각이 그 고통, 그 괴로움 잊게 하고 후회로 양심이
바닥난 그 순간까지 나를 속인다

2023. 4. 22.

봄비와 커피 데이트

이른 아침부터 하늘에서 오는
편지 같은 비가 소식을 전해오면
만물은 각자의 서 있는 위치에서
형편에 맞는 하늘이 전하는
소리를 받는다
꽃잎을 적신 꽃비
새싹을 적신 봄비
처마 끝에 떨어지는 낙수비
부르는 이름은 달라도
하나로 이어져 함께 땅을 촉촉이 적신다
이불 덮고 방에 누워있는
내 마음까지 빗물이 번져 와
옛 추억 이야기를 들추어낸다
꼭 이럴 때면 지난 사랑이
이뻐 보이고 속 갑갑한 사람
담배 연기 내 뿜듯 옛사랑 생각이
솔솔 남은 무슨 까닭일까?
무거운 음악 소리는 빗물을 타고
떠내려가고 커피집 향기는
커피집 조명 아래 유혹에 춤을 추며
잔 속으로 흘러들고

그 잔을 훅훅 불어 마시는 한 잔에
커피 혼은 김 따라 이별을 고하고
허공으로 엷어져 가네
쓴맛은 들뜬 내 마음으로 스며들어
잡생각들을 지우개로
잘못 쓴 글자 지우듯
하나하나 지워 간다

2023. 4. 25.

내 생각

오일장 장사는 손님을 보고 손님은 물건을 본다
빛깔 좋고 때깔 좋은 고기가
따끈한 연탄 불판 위에 올라앉아 호객 목소리 더 높인다
이래도 안 올 거냐고 고소한 냄새를 흰 연기에 실어
허공을 채워 가고 물건을 고르며 옥신각신 몸
춤을 추는 걸 보니 신랑 각시 시장에 와 생각지도 않는
물건 고르고 있는 중인가 보다
진열된 꽃 가게 난전 꽃들은 이쁘게 화장을 하고
어떤 자는 향기로 어떤 자는 이쁜 얼굴로
자기 좀 데려가 달라고 윙크를 하고 주머니 속 내 지갑은
등가죽 붙은 내 배부터 채워 달라고 하니 다음을 기약하고
생선가게 자판 위에 모인 파리 손님
제 먼저 사 가겠다고 이 고기 저 생선
바쁘게 간을 보며 뜸 들인다
한평생 대박에 꿈을 포기 못 하는 뻥튀기 아저씨
오 일 전이나 지금이나 열심히 쌀 옥수수를 튀기고 있다
내 생각에 돈을 넣고 금을 넣고 튀기면
도깨비방망이처럼 대박 날 것 같은데
말 안 하고 나 혼자 생각으로 끝내는 것이
신상에 좋을 것 같네

2023. 4. 25.

살아 보니

석양 노을빛은 산 위에
동화 그림을 그리며 놀고 있었는데
엄마가 저녁 먹으러 오라고 불러 가고 없고
어둠은 보이지 않을 만큼 시곗바늘 눈금을 밀어 올리면
달은 누굴 만나러 가는지 물 맑은 호수가 거울인 양
바라보고 옷매무시 화장을 고치는 걸 보니
아마도 사랑님과 멋진 데이트 약속이라도 있나 봐
아이고 부러워라
누군가를 사랑함도 좋고 누군가에게 사랑받음도 좋으리라
보라색 꽃 등나무는 저렇게 은은하게
소리 없이 사랑 고백을 하는데
벌, 나비는 무엇이 중요한지도 모르고 때를 놓치고 있네
아이고 안타까워라
청춘도 한때 정열도 한때 기운찬 육신도 한때인데
진정한 그때는 모르고 세월이 한참 지난 후에
후회하는 것이
인생에 삶인가 봐
환갑을 지나고 보니
시간에 비밀을 알 듯 말 듯 하네

2023. 4. 26.

공감

저녁을 먹고 마실 나온 개구리
오늘 무용담에 신이 났는지
큰 소리로 떠들고
산속 외딴집 등불은
까투리 눈동자같이 총명하다
밤하늘 길에도 어둠이 짙어져
달빛 별빛이 등을 켜고
제 자리를 잡으면
초저녁 분위기 확 살아나고
꼭 이맘때쯤이면
무슨 유전자의 약속인지 몰라도
어둠 깊은 숲속에서 소쩍새가
목이 쉰 소리로 애 닲게 운다
얼마나 울었으며
얼마나 한이 맺혔으면 저렇게 울까?
집 나간 아들을 찾는지
새로운 사랑 찾아 날아간 남편을 찾는지
어제도 울고 가고
오늘도 울고 서 있다
속 타는 그 마음 내 다 알 수 없지만
그 심정 이해는 간다

가로등이 눈에 불을 켜고 어서 오라
손짓하는 저 길 따라가면
내가 살고 있는 집이 나오고
들일로 귀갓길 늦은 신랑 걱정
미리 해둔 밥 굳을까 걱정하는
마누라는 이래저래 속이 타겠구나
아내가 걱정 안 하게 얼른 집으로 가야겠네

2023. 4. 26.

평행선 사랑

어둠이 짙어져
온 세상을 분위기 잡으면
인간들이 사는 집에도
밝은 등불이 켜지고
하루 낮에 있었던 이야기가
빨래 널리듯 널리고
잘 차려진 저녁 밥상에
맛있는 소리와
재미있는 이야기가
희희낙락 속닥거리며
곳간을 채우고
반달은 별빛을 유혹하고
초롱초롱한 별빛은
달빛을 유혹한다
너 한 번 나 한 번
질서 정연하게 기회의 나눔을 가지고
별과 달이 함께 어깨동무하며
서산 고갯마루 올라서서
내일 만날 것을
달과 별이 약속하네
만나야 정이 생기고 정이 생겨야

죽고 못 사는 사랑이 생기지
언제나 하던 그 말 변화 없는 행동은
지구 끝까지 달려가도 평행선이다
이 세상에 평행선 사랑은 없다
평행선은 관계가 좋은 이웃일 뿐이다

2023. 4. 27.

밀 익어가는 소리

아카시아 꽃향기가
오월로 달력을 넘긴다
산은 빈자리 없이 청춘 나뭇잎으로 채워지고
살아 움직이는 시냇물은
은빛 칼날을 번뜩이며
힘차게 물결 지우며 흐르고
제법 어른 티가 나는 햇볕은
땅을 달구어 존재감을 알리면
그 그늘 아래서 사는 생물들은
알아서 제 갈 길로 피해 간다
겨우내 북풍한설 괄시에 한도 설움도 많았던
밀밭에 밀도
이제는 밀림 안 부럽게 우거져
발밑에 종달새가 둥지를 틀고
다가올 미래에 행복한 꿈을 그리며
살랑살랑 부는 산바람에
밀 가지가 춤을 추며 풍년가를 부르고
어미는 가는 세월 헤아려
알이 깰 날 계산하고
알 속 새끼는 깨어 나올 날짜를 손꼽네
새 생명에 탄생도

그저 되는 것이 없고 온 힘을 다 쓰는구나

들바람이 전해주는 내일모레 비 온다는 소문에 밀은

반가워서 을씨구나 춤을 추고

알알이 곳간을 채우는

부지런한 소리를 듣는다

밀알도 먼저 생겨난 밑에 붙은 형님부터

수염이 익어간다

2023. 4. 28.

객관적인 나

초저녁 달은 별빛을 붓 삼아
어스름한 산수화를 그리고
흐르는 강물에는 은빛으로 물들여
흐르는 강물이
물고기가 모여 놀듯
비늘이 반짝이고
살아 있는 생동감을 표현했네
사람 사는 굴에는
자기만의 이름표를 달고
등불이 환하게 웃는다
오늘 하루 일 조용히 복기해 보면
감정에 마음이 흑이라면
이성에 마음은 백이 되어
시간 위에서 재주를 뽐내는
흑백의 바둑돌이 되어
너 한 수, 나 한 수
놓아간다
배운 기술 끝에
세력을 다투어 승부를 내지만
하루를 살고 나니 잘 된 수 잘못된 수
확연히 드러나고

언제나 현재는 서툰 하수이고
과거는 단련된 고수이다
지나온 길은 대낮 같고
현재는 새벽같이 어스름하고
내일은 그믐밤이다
앞날을 알고 살면
묘수 찾기에 근심만 가득할 것인데
모르고 사는 것이 약이라
이렇게 실수하며 사는 것이
인생에 재미인가 보다
뻔한 길인 것 같아도
삶의 하루는
매일 낯선 새로운 길 여행이니
실수는 당연한 것이니
걱정도 말고 저 걱정도 말고
오늘은 주관적인 나에서
객관적이 나로 살아보자

2023. 4. 28.